# 바로 당신처럼

# 바로 당신처럼

송양의 단편소설집

월파출판

## 머리말

사랑이란 무엇일까?

아름답고 달콤하고 짜릿한 충격이라고 말하는 사람이 있다. 나는 사랑이란 고통스런 노동행위라고 말한다. 이기적인 사랑은 사랑이 아니다. 희생의 사랑을 실행할 사람은 얼마나 될까? 사랑은 용서하는 것이라고 한다. 용서할 수 있는 기간이 얼마나 될까? 사랑의 유통기한이 지나도 가능할까?

사랑하지 않으면 살아도 죽은 것이라며 사는 사람도 있다. 무조건 사랑해야 삶을 영위하는 사람도 있다.

단편소설 7편을 묶어서 책으로 만들었다. 세계 140개국 이상을 여행하였다. 험준한 산을 화전민처럼 가꾸어보았다. 움막에서 살아보기도 하면서 인연을 내려놓기도 해보았다. 투자하여 많은 실패와 작은 성공도 해보았다. 이런 저런 체험을 상상의 나래 속에 얹어서 소설을 만들었다.

세상은 저지르는 자의 것이다. 여행이나 사랑을 해보고 후회하는 것이 하지 않고 후회하는 것보다 낫다고 한다. 매사 긍정적인 사고로 성공이란 희망을 갖는 것이라고 행복하게 말하는 바로 당신처럼.

열심히 만들었다면 열심히 봐 줄 것이라는 혼자만의 꿈을 꾼다. 자신이 생각한 것을 독자가 원치 않을 수 있다. 큰 자존심에 상처 입었다면 인색한 인간임을 표현하는 것, 열심히 하다보면 행운의 여신이 알아주겠지. 매순간 최선을 다할 뿐이다. 인생이란 연습이 없다. 항상 본게임이다. 멈추면 흔적이 남지 않는다는 것을 알기에 용기를 내어 35번째 작품집을 냈다. 이 책이 명상의 시간이 되면서 꿈을 펼치는 장이 되기를 희망한다.

2019. 02. 01

월파 송 양 의

| 차례 |

머리말 / 4

1 사랑 / 11

2 농부의 소리 / 39

3 괜찮다, 몰타니까 / 69

4 내 눈엔 너만 보여 / 101

5 돈(Money) / 133

6 바로 당신처럼 / 163

7 풀 심는 우리 / 193

# |1| 사랑

# 사랑

1년 만에 남편을 찾아 가고 있다. 3개월 동안 영어공부 하겠다고 하와이로 떠난 남편은 이런저런 이유를 들어가며 귀국을 1년이나 미루었다. 그런 남편에게서 꼭 할 말이 있으니 와달라는 이해 못할 통보를 받은 것은 며칠 전 일이었다. 비행기로 10시간 호놀룰루 공항까지 날아가서 다시 국내선을 타고 카우아이 섬까지 갈 예정이다. 호놀룰루가 있는 오하우 섬에서 떨어진 카우아이 섬에서 영어공부 한다고 했기 때문이다.

"당신이 일본어, 나는 영어를 잘하면 나중에 크루즈 여행이나 세계 어디든 자유여행 다닐 때 참 편리할거야."

남편의 말이 떠오른다. 그러면서 걱정이 바람 따라 밀려온다.

"안 되지, 걱정해서 되는 일이라면 매일 걱정만 하고 살지. 될 일은 걱정하지 않아도 되고 안 될 일은 걱정해도 안돼, 그것이 내 인생철학이기에 나는 걱정하지 않고 살아. 카르페 디엠, 현재를 잡아라. 오늘을 충실히, 오늘을 소중하게, 과거 일에 얽매이거나 아직 일어나지도 않은 미래를 근심한다면, 그건 과거와 미래에 빼앗기는 거야. 지금 이 순간, 오늘이 가장 중요하잖아."

마음을 강하게 부여잡는다.

하와이가 호놀룰루만 있는 줄 알았는데 오하우 섬보다 더 큰 섬들이 여러 개 합하여 하와이라고 부른다는 것을 이번에 알았다.

호놀룰루에서 빅 아일랜드 경유해서 카우아이까지 가는 비행기를 탔다. 한 바퀴 돌아서 간다는 단점이 있지만 괴로움을 잊기 위해 여행에 몸을 실어보기로 했다. 일곱 시간 대기는 빅 아일랜드를 구경할 기회의 시간이 마련된다는 뜻이다. 기회라면 기회는 얻을 수 있도록 노력하는 사람에게만 기회를 부여한다는 말로 용기를 낸 것이다.

빅 아일랜드 공항에서 택시를 타고 말한다.

"4시간 동안 빅 아일랜드 좋은 곳 관광하고 싶으니 안내해주시고 다시 공항으로 돌아와 줄 수 있나요?"

택시는 열대식물이 가득한 도로를 뚫고 달린다. 거대한 산에서 흘러내린 비스듬한 해변도로를 따라 달리는 풍경은 어느 곳에서든 오션뷰다. 태평양을 향해 코발트빛 바다가 펼쳐져 있다. 다른 한쪽에는 화산 폭발이 만들어낸 검은 현무암이 대륙처럼 펼쳐져 있다. 파란색과 검은색을 가로지르는 하이웨이를 막힘없이 달린다. 1시간정도 달린 후 도착한 활화산 입구의 화산트레킹은 모든 시름을 잊게 만든다.

달의 표면같이 아무 식물도 살지 않는 까만 용암의 흔적이 끝없이 놓여 있다. 멀리서 검은 연기가 피어오른다. 용암이 펄펄 흘러내린다는 곳까지 걷고자 함이다. 20분 정도 걷는데 검은 바위틈으로 고개를 삐죽 내민 식물 뒤로 수증기가 모락모락 피어오르는 것이 보인다. 이 땅은 아직 살아있다. 이곳은 살아있는 화산이다. 검은 땅이 품은 강한 생명력을 느낀다. 걸을수록 활화산에서 피어오르는 연기와 유황냄새로 접근하기 힘들어진다. 시간이 없어서 헬기투어나 크루즈로 바꾸어 구경할 수도 없다. 아쉬운 마음을 접고 공항으로 돌아간다.

카우아이 가는 비행기는 저녁 무렵에 출발했다.

착잡한 심정을 누르며 밖을 내다보는데 이륙하자마자 아래를 바라보면서 깜짝 놀랐다.

하와이 7개 섬보다 더 크다는 빅 아일랜드 섬 해변에서 불꽃놀이가 한창이었기 때문이다. 화려하다기보다 수백 수천 개의 불꽃이 땅위에서 번쩍이는 것이 장관이다. 창가에 앉은 덕분에 이런 광경도 본다고 생각하니 나는 운이 항상 나쁘지는 않은 모양이다.

승무원이 지나가면서 "라바! 원더풀"라고 말을 한다.

"네? 라바 라면 용암이란 말인가요?"

아래에서 불꽃놀이 하는 것처럼 보이는 것이 활화산에서 마그마가 상승하여 화산 분화구를 통해 지표면으로 흘러나오고 있는 것인데 용암은 마그마가 화산 분출 과정에서 흘러나온 것을 말하며 분출된 마그마가 지표면에서 식으면서 굳어져 형성된 암석을 용암이라 말한다고 설명까지 한다. 빅 아일랜드의 활화산은 항상 저렇게 불꽃놀이처럼 마그마가 튀어 오르고 흘러내린다고 덧붙인다.

"흘러내리는 용암을 한 그릇 마시고 싶네요."

"붉은 용암이 최저 800도 이상이고 수천 도의 뜨거운 쇳물보다 더 뜨거운데 마시겠다니 유머감각이 대단하십니다."

"감사합니다."

사람과의 대화가 이렇게 중요한 것일까? 오랜만에 잠시 입꼬리를 올려본다.

빅 아일랜드가 이렇게 멋있는 섬이고 여행의 끝판 왕임을 이제야 알았다는 것이 못내 아쉽다. 다음에 기회가 온다면 더 가까이 다가가서 용암이 흐르는 것을 볼 것이다. 언제 우울했었던가, 내 자신이 내가 아닌 듯 황홀경에 들떠 있다. 환경이 사람을 이렇게 만들 수 있다는 것에 스스로 놀란다. 고민을 내일 생각하기로 작정해서일까? 긴장이 풀려서일까? 피로감이 한꺼번에 몰려온다. 눈이 스르르 감긴다.

카우아이 리후에에서 택시를 타고 남편이 알려준 주소를 찾아간다. 홈스테이하면서 집주인에게 일을 도와주고 영어를 배우고 있다는데 실감이 나지 않았지만 돈도 절약되고 경험도 된다는 말에 믿기로 했었다. 카우아이 크기는 제주도 본섬과 비슷한 면적이다. 북위 22도에 위치해서 항상 따뜻하다. 해발 1,600미터의 카와이키니 산이 중앙에 있는 것이 우리나라 제주도 한라산이 중앙에 있고 주위가 평평한 것과 유사하다. 하와이 제도의 주요 섬 가운데 지질학적으로 가장 오래된 섬이다. 대부분이 초목으로 뒤덮여 있어서 정원 섬으로도 알려져 있다. 하와이 제도를 처음으로 방문한 폴리네시아인이 상륙하여 정착한 것으로 여기는 화산섬이다. 거의 원형으로 된 이 섬은 와이알레알레 산과 비옥한 골짜기들이 있는 저지대로 이루어져 있다. 리후에 공항이 있으며 카파 · 하나페페 등의 작은 도시가 있다. 하와이에서 가장 유명한 섬이 최근에는 빅 아일랜드나 카우아이로 바뀌었다.

하와이에서 가장 오래된 섬인 카우아이는 울창한 열대우림과 침식 해안 절벽이 특징인 곳으로 다채로운 자연 관광지를 보유하고 있다. 그 중에서도 사우스 쇼어의 포이푸 비치는 공항에서 가까워서 카우아이 여행의 핵심 장소가 되었다. 아름다운 해변과 다양한 해양생물을 감상할 수 있는 비치 파크가 자리한 곳으로 인근에 쇼핑 빌리지가 있어 쇼핑과 식사를 즐기기에도 부족함이 없다.

카우아이에서 가장 유명한 포이푸 비치는 연일 일광욕과 피크닉을 즐기려는 방문객들로 붐빈다. 포이푸 비치를 사랑하는 것은 비단 관광객만은 아니다. 멸종 위기인 하와이 바다표범도 이곳을 즐겨 찾는다. 여유롭게 일광욕중인 바다표범은 포이푸 비치를 더욱 유명하게 만든 장본인이라고 해도 과언이 아니다.

스노클링을 즐기며 다양한 어종을 만나려는 사람들이 바다 위를 수놓고 있다. 하와이 주의 상징 물고기 등 알록달록한 열대어들과 산호 틈 사이에서 어렵지 않게 조우할 수 있다는 곳이다. 수심이 깊지 않아 수영에 자신이 없는 사람이라도 어렵지 않게 물고기를 찾아볼 수 있다고 한다. 하와이에 대해 공부하고 온 것들을 머릿속에 정리해본다.

택시에서 바라보는 풍경이 낯설지 않다. 누군가가 인공으로 바다표범을 해변에 놓은 듯하다. 해변의 풍경이 신기하다. 택시 운전사가 포이푸 해변을 열심히 설명했지만 내가 보기에는 모든 해변이 아름답다. 어느 곳이 여행의 중심지라고 말하기 힘들 정도로 비취빛 바다는 얕아 보이고 에메랄드 해변에는 백옥 같은 모래들이 끝없이 펼쳐있다.

택시는 해변을 뒤로하고 산위로 오른다. 나팔리 코스트 해변에 있는 남편의 숙소를 가려면 와이메아캐니언을 지나야한다는 것이다. 택시 운전사는 이곳이 처음이냐고 묻는다.

그렇다고 대답하니 가다가 전망 좋은 곳에서 잠시 구경할 수 있도록 내려주어도 되냐고 말한다. 어설픈 영어가 귀에 잘 들리지 않지만 기사의 말을 대충은 알아들을 수 있다.

태평양 한복판에 그랜드 캐니언 복사판이 있다. 그 웅장함은 마치 태초의 지구를 보는듯한 모습인데 깊이가 1킬로미터 정도로 아찔하며 폭도 1킬로미터 정도 되는 협곡이 수십 킬로미터나 이어지며 여러 절벽과 폭포들이 곳곳에 있다. 절벽 위에서 아슬아슬하게 풀을 뜯고 있는 산양들에게 손을 흔들어준다. 와이메아캐니언 산악 도로를 달리다가 나오는 와이메아캐니언 전망대와 그보다 조금 더 높은 곳에 있는 푸우 카 펠레 전망대, 그리고 가장 높은 곳에 위치한 푸루 히나히나 전망대에서 내려다 볼 수 있는 특혜를 부여받는다. 이왕 지나는 길에 천천히 감상해보란다. 어디에서 보아도 절경이지만 각도와 높이에 따라 조금씩 협곡의 다른 면들을 감상할 수 있다. 수많은 새들의 그림자 때문에 더 멋있는 풍경을 만날 수 있다. 새들이 계곡 밑으로 한없이 하강한다. 내가 새처럼 계곡을 훨훨 나는 듯하다. 얕은 안전 목책을 넘어서 계곡 밑으로 날고 싶다. 새처럼 가볍게 팔을 펼치고 날고 싶은 충동에 펜스를 잡아본다. 날개가 펼쳐지지 않아서 다시는 솟아오르지 못한다 해도 날고 싶다. 뛰어 내려 날고 싶다.

캐니언의 다른 쪽은 태평양 바다이다. 계곡과 폭포의 위용에 넋을 잃을 정도인데 반대쪽은 코발트빛 바다이다. 나팔리 코스트라고 한다.

나팔리 코스트의 환상적인 풍경에 몰입하여 감상하고 있다. 카우아이 한곳만으로도 세상 어디에도 없는 아름다움이 모두 모여 있는 곳 같다.

나팔리 코스트를 향하여 자동차는 다시 달린다. 도대체 끝은 무엇일까? 하차하라는 소리에 깜짝 놀란다. 내가 꿈을 꾼 것일까. 이렇게 아름다운 풍경에 나의 본분을 잃어버린 모양이다. 너무나 아름다운 와이메아 계곡의 풍경과 나팔리 코스트의 풍경이 내가 왜 이곳에 왔는지 잊어버리게 한 모양이다.

차는 한적한 해변에 멈춘다.

해변이 바라보이는 언덕 위의 작은 오두막은 레고 장난감 작품 같다. 원색의 파란 지붕이 있는 아주 작은 집이 보인다.

아름다운 풍경을 감상하던 흥분이 걱정과 두려움의 감정으로 바뀐다. 몇 번을 불러본다. 안에서 나온 젊은 여자가 일본 여자인지 한국말을 더듬거리며 영어와 일본어를 섞어가며 말한다.

젊은 동양여성이 나에게 몇 가지 묻고는 안으로 안내한다.

남편은 침대에서 누워 나를 맞이한다. 이상한 직감이 몰려왔다.

생후 한 달도 되어 보이지 않는 아기를 안고 있는 젊은 여자가 자꾸 눈에 거슬린다

"여보! 오느라고 고생이 많았어. 이렇게 해야 할 사정이 있었어."

그렇게 건강했던 남편은 다 죽어가는 모습이다. 충격으로 흔들거리는 몸을 지탱하며 물었다.

"왜? 어떻게 된 거야, 왜?"

남편은 한동안 말을 하지 않았다. 눈물만 흘리고 있었다. 나처럼.

"왜? 말을 못해? 이런 모습 보여주려고 오라 했던 거야?"

남편은 눈물이 말 인양 울기만 한다.

한국에서 오는 비행기 안에서 마음속으로 다짐했던 말들은 할 수 없다. 그동안 섭섭했던 감정들, 1년 동안 버림받은 것 같았던 아픔과 마음의 상처들, 외로웠던 그 시간들을 다 풀어내리라고 작정했었다. 그런데 맞은 현실은 그것이 아니다. 다 죽어가는 남편의 모습이다. 나의 아픔과 설움을 받아줄 남편은 없다. 병들어 힘없고 연약한 남편, 오히려 내가 하소연을 들어

야하는 것이 절대적으로 필요한 남편만 있다.

여자가 대신 말해주겠다고 나를 밖으로 이끌었다. 영어보다 일본어가 더 익숙하다고 말하며 일본어로 대화를 유도한다. 내가 고등학교 일본어 교사라는 말은 하지 않았는데 나에 대하여 많이 아는 태도이다.

해변의 파도가 나보다 더 출렁거린다.

남편이 골수암에 걸렸다고 한다. 한 달 이상 살지 못한다고 해서 병원에서 퇴원했다고 한다.

1년 전 나팔리 코스트 해변에서 우연하게 남편을 발견했다고 한다. 와이메아 캐니언에 왔다가 와이메아트레일로 갔었나 본다고 말한다. 나팔리 코스트를 바라보며 산위 산책로를 걷다보면 높은 절벽이 있는데 아주 위험하여 접근하지 말라고 쓰여 있다고 한다. 그런데 일부 사람들이 착각을 하는지 일 년에 한 명 정도 떨어져 죽는다고 한다. 자신들이 무슨 새인 줄 착각하는 모양이라고 한다. 아마 남편도 한발 두발 다가가다가 실수로 수십 미터 절벽 아래로 떨어졌을 것이라고 말한다.

평상시와 똑같이 바닷가에서 먹을거리를 준비하려고 해변에 갔다가 남편을 발견했다고 한다. 남편은 울창한 덤불숲에서 신음하고 있었는데 자기가 집으로 옮겨서 며칠 동안 간호해서 살렸다고 한다. 남편과는 그런 인연으로 살다보니 아기까지 낳게 되었다고 설명한다. 자기는 이곳 주민이며 이 집은 미국인 별장인데 관리만 해주는 조건으로 그냥 사는 집이라고 한다.

여자의 말이 어둔한 줄로만 알았는데 행동과 생각이 이상하다는 느낌을 감출 수 없다. 왜 이곳에 살게 되었는지 물어도 피식 웃기만 하는 것을 보면 머리가 한참 모자란 사람인지, 알면서 모른 체 하는지 알 수가 없다. 자기도 이곳을 떠나야 할 때가 되었다고 말하는 것도 이해가 되지 않는다.

남편을 안다. 그놈의 정 때문에 또 다시 일을 만들었을 것이다. 죽었다 살아난 고마움으로 함께 산다는 것은 또 다른 아픔을 만들어 낸다는 것을 몰랐을까?

아니다, 어쩔 수 없었을 것이다. 남녀가 한집에서 살다보면 이성을 넘지 않는다는 보장이 없다. 아무리 고상한 남편이라고 해도 젊은 남녀가 한방에서 밤을 보낸다면 선을 넘지 말아야 한다는 인내의 한계를 극복하지 못했을 것이다. 그리고 남편은 또 다른 책임감을 느꼈을 것이다.

"당신은 물 없는 사막에서도 커피를 끓여낼 사람이야."

남편의 말이 떠오른다. 내가 그렇게 독한 여자라는 뜻이었을까? 능력 있는 여자라는 뜻이었을까? 지금 그것을 생각할 때가 아니다.

그 여자에게 말한다.

"육감이 맞았네요. 여자는 느낌이 있잖아요. 세상 사람들이 원하는 것은 비슷한 모양이네요."

방안으로 들어와서 남편 침대에 걸터앉는다.

남편이 눈물 흘리며 힘겹게 말을 잇는다.

"내가 죽으면 아기와 이 사람을 부탁해. 이 사람은 누가 돌보지 않으면 몇 달도 살지 못할 거야. 이 사람은 생활력이 한참 모자란 여자야. 이 여자는 갈 곳도 없어진 여자야. 당신은 능력 있고 훌륭한 여자니까 할 수 있을 거야."

아내인 내가 아닌 엉뚱한 여자와 바람을 피우고 그 여자와 그 여자가 낳은 자식까지 보살펴달라는 유언이 말이 된단 말인가. 제정신이라면 그런 말은 못하는 것 아냐? 뻔뻔스러움에 분노가 치밀어 오르지만 이를 악물고 감춘다.

가장 가까웠던 사이였다. 그런데 낯선 사람이 되어 적처럼 말하고 있다. 사랑하는 사람이라면 나한테 이럴 수 있을까? 상처와 미움만 넘겨주고 어떻게 하겠다는 심사일까? 시험하는 것일까? 분노의 핏빛 눈에서 불꽃이 튀는 것을 두 주먹을 불끈 쥐고 애써 참고 있다.

도저히 남편 옆에 있기가 거북해서 뛰쳐나왔다. 남편이 정을 떼려고 그러는 것일까? 좋은 쪽으로 생각하려해도 인내의 한계가 먼저 온다.

바닷가를 거닌다.

스노클링 하는 사람들의 웃음소리가 허공에 부서진다. 다들 저렇게 행복한데 나는 처절한 슬픔을 맛보아야 하는 것일까. 참을 수도 없지만 소리 지르며 울고 있다. 다 잃은 것 같아 눈물을 쏟는다. 혈액과 창자에서 액체나 고체상태의 응어리가 모두 나오는 듯하다.

짐승의 울음소리를 들키지 않기 위해 바닷물에 얼굴을 씻는다.

물수리는 고기를 잡을 때 거침없이 급강하하여 물속으로 뛰어든다. 자살하는 사람처럼 강물 깊이 몸을 꽂는다.

내 사랑이 그러했다. 죽을지도 모르는 물수리처럼 앞뒤 재지 않고 던졌다. 사랑을 이야기 하지 않고 잠자리만 원하는 사람이 아님을 믿었다. 그렇게 내가 사랑에 온몸을 던졌던 나의 남편 또한 능력 있는 남자였다. 대기업에서 승승장구하던 사람으로 인기도 대단한 사람이었다.

그런 남편이 결혼 10년차인 40살에 명예퇴직을 했다. 그리고 글을 쓴다고 했다. 사람이 태어나면 이름을 남겨야 하는데 대기업 임원이 된들 무슨 소용 있겠느냐며 사표를 내고 나왔다. 노벨문학상을 못 타더라도 꿈은 꿀 수 있지 않느냐며 부딪쳐 보겠다고 했다. 남편의 성격을 알기에 말릴 수도 없었지만 한번 한다면 하는 남편을 나조차 어쩔 수 없다는 것을 나는 알고 있었다. 1년 동안 글 쓰는데 열정을 다 하다가 갑자기 영어를 배워야겠다며 하와이로 떠났던 것이다.

남편과 결혼 두 달 전인 28살 때 일이다.

결혼 전에 종합검진 받아보겠다며 병원에 갔는데 뒤통수를 해머로 맞은 것 같은 의사의 검사소견을 들어야했다.

"유방암 말기인 4기입니다."

어떻게 이지경이 되도록 방치했냐고 의사는 되물었다

"내가 유방암 말기라고?"

그동안 가슴이 아팠던 것은 골프 스윙에 문제가 있다고 판단했었다. 골프는 양팔과 어깨 근육을 많이 쓰기 때문에 가슴이 단단하게 근육이 붙은 것이라고 생각했고 세월이 가면 통증도 사라질 것이라고만 생각했었다. 골프를 그만 두면 아픈 것이 없어질 것이라고 믿고 있었지만 골프의 매력에 더 빠지고 있었다. 필드에 나가서 공을 칠 때면 아픈 것도 잊어졌다. 골프를 즐기기에 가슴 근육에 무리가 있다고만 생각한 어리석음이었다. 진단결과를 받으니 아픔이 한꺼번에 몰려왔다.

"유방암 말기인데 가슴 두 개를 제거 수술하고 약물 등 방사선 치료를 해봐야겠습니다만 마음가짐 단단히 하십시오. 다행인 것은 온몸에 전이가 되지 않아서 작은 희망은 있습니다."

사형선고가 이런 것이구나.

일기장 등 그동안의 비밀 소지품을 태웠다. 죽기 전에 할 일을 서둘렀다. 버려야 할 물건만 남기고 죽어야 한다며 쓸 만한 것은 기부하고 태우기 시작했다.

장작이 나무의 심장이 터지는 펑펑 소리를 내며 불꽃으로 승화한다. 나무가 숯이 되고 재가 되어 마무리 된다. 나도 이처럼 한줌의 재가 될 것을 생각하니 울음이 북 바쳤다.

모든 것이 헛되다는 고백이 절로 쏟아져 나왔다. 단 한 가지도 가치 있고 유용한 것이 없다는 생각이 들었다. 하늘나라에 가지고 갈 수도 없고 필요도 없다. 허무하고 허탈한 순간에 그 허무감을 넘어 정말 가치 있고 소중한 무엇이 존재할 수도 있다는 깨달음이 다가왔다. 기도했다.

"하나님! 사랑합니다. 감사합니다. 이 세상에서 소유하고 욕심냈던 것들이 무용지물임을 깨닫게 하시어 감사합니다. 제가 살았던 인생은 행복했습니다. 다만 조금만 더 삶을 주신다면 하나님이 기뻐하실 일만 하겠습니다……."

밤에는 잠이 오지 않았다. 아침에 눈을 뜨지 못할까봐 불안과 두려움이 가득했다. 현재의 남편에게 부담을 주지 않으려고 자살을 꾀하기도 했었다. 수면제 20알을 한꺼번에 삼키고 죽기로 했는데 죽는 연습만 한 모양이다. 이틀 동안 꿈만 꾸다가 일어났다. 이왕 이렇다면 하나님의 뜻이 무엇인지 다시 한 번 인생을 살아보자고 다짐했다. 매순간 기도했다.

살아만 준다면 어떤 고통도 참고 사랑을 베풀리라. 감사 봉사를 누구보다 더 많이 하리라. 헛된 목숨으로 살지 않으리라. 하나님이 살려주신다면 어떤 희생도 다하겠다고 다짐했다. 하나님이 살려주신다면 하나님처럼 사랑을 줄 것이다. 누군가가 나로 하여금 행복하다면 나를 버리고 누군가를 행복하게 할 것이다. 내가 아프면 어떠하랴. 상대가 행복하다면 참으리라. 하나님 대신 사랑을 전하리라. 하나님 대신 행복을 전하리라. 누군가 나로 하여금 즐겁다면 나를 던져서 즐겁게 하리라. 가족과 이웃에게 필요한 무엇이 되게 해달라고 기도했다. 기도하면서 간절한 소망을 이야기했다.

가슴 절개수술 후 약물 반응만 잘된다면 좋은 예후를 기대할 수 있다는 의사의 말을 듣고 화학치료를 받으면서 투병생활을 시작했다. 암 환자들이 그러하듯 약물 부작용으로 머리카락이 모두 빠지고 말초신경 문제로 잘 걷지도 못했다. 밤에는 수면장애가 찾아왔고 얼굴은 퉁퉁 부은 고통스러운 시간을 견뎌야했다. 남편은 나를 웃기게 하려고 애썼다.

"나는 예쁜 승려랑 사니 좋네, 그려"

가슴 두 개를 모두 떼어낸 후 생리도 나오지 않았다. 여자로서의 생명이 끝난 것이다

그런 나를 데리고 산 사람이 바로 남편이다. 남편에게 여자

가 생긴다면 이혼을 해주겠다고 상상도 했었다. 남편이 원한다면, 내가 그를 사랑한다면 이혼도 감수해야 하는 것 아닐까라고 엉뚱한 망상도 했었다. 여자로서 여자의 아름다운 몸이 아닌 것이 죄스러웠다. 외롭고 위태로운 사랑을 감수하더라도 최선을 다하면 결혼생활도 가능하리라 판단한 것은 나만의 꿈이었을까?

진정한 사랑은 두 번째 삶을 용기 있게 헤쳐 나갈 수 있는 정신이라며 남편은 사랑은 책임지는 것이라고 장애인 되어버린 나와의 약속을 지키겠다고 함께 살게 된 것이었다.

느끼지 못하는 부부생활은 미친 짓일까? 아픔의 잠자리는 아내의 도리라고 생각하여 응하였다. 남편의 달콤한 사랑의 언어는 귀에 들리지 않았다. 아픔의 고통을 참고 사느라고 밤에는 식은땀으로 시트를 적실 때가 많았다. 어쩔 수 없었다. 원하지 않는 부부관계가 결혼생활에서 있을 수 있다는 것에 혼란스럽기는 했다. 남편이 내 배위로 손을 올리면 난 남편의 의도를 알지만 유혹에 넘어가기로 작정했던 것이다. 그것이 내 자신의 선택을 위장할 수 있고 남편을 위하는 아내의 길이라고 생각하였기 때문이었다.

한편으로는 하늘나라에 가면 여자인지 남자인지 외관으로 알 수 없어서 받아들이지 않으면 어떻게 하나 쓸데없는 걱정도 했지만 전지전능한 하나님을 믿기로 했다. 우리 부부는 여러 조건 등의 이해관계에 따라 타락한 결혼생활은 아니었다. 계산된 결혼도 아니었다. 결혼이 서로를 자유로울 수 없는 영혼으로 만드는 것은 필요악이라 믿었다.

"기적입니다. 완치되었습니다. 환자님의 승리입니다."

의사의 통보는 하나님의 음성으로 들렸다. 나는 살았다. 기적이 일어났다. 확률적으로 불가능한 일이 일어났다. 하나님이 기회를 한 번 더 준 것이라고 생각했다. 하나님께 기도하며 약속한 말을 실행해야 하는 일만 남았다. 내가 누군가의 행복과 기쁨이 된다면 나를 파괴하여서라도 줄 것이라고 다시 다짐했다. 사랑해야 한다면서 가슴속에 묻어두는 것은 사랑이 아닐 것이다. 베풀지 않으면 사랑도 사랑이 아니다. 모든 것을 아낌없이 주는 하나님처럼 사랑하는 것일 것이다. 사랑한다고 말을 반복하는 앵무새가 되어서는 아니 된다. 실행하는 사랑만 사랑이다.

누워 있는 남편 곁으로 갔다.

"이러려고 내 곁을 떠난 것이에요?"

"여보! 미안해. 용서해줘."

남편의 눈에서 눈물이 넘쳐흘렀다.

뼈에 살을 얇게 입힌 듯 앙상한 얼굴, 어디에서 그렇게 눈물이 많이 흘러나오는지 이해되지 않았다.

그 많은 눈물이 언어인양 말을 잊고 남편은 눈물만 하염없이 쏟고 있었다.

“나도 뜨겁게 사랑하고 으스러지게 안겨보고 싶었지만 모든 것이 꿈이 되었네요.”

목숨보다 더 중요한 것이 있다면, 아니 목숨보다 살아야할 이유가 더 있다면 지켜주는 것이 사랑이리라. 괴로움, 이것은 사는 것이 아니다. 하루를 살아도 사랑하며 살아야 한다. 사랑도 집착 없는 삶을 배우라고 연습시키는 것일까?

간절함이 식으면서 사랑도 식어가겠지만 헤어지고 나면 그 사랑의 소중함을 알게 될 것인가? 사랑은 사소한 일상조차 간절한 일상이었던 것 아닌가? 헤어지는 것으로 지켜주는 인연일지도 모른다. 이제부터 당신을 사랑하기 위해 하루를 살아보리라. 사랑하는 우리만의 사랑하는 방법을 찾아보자. 마주 잡은 손이 함께 있어야 사랑하는 것은 아닐 것이다. 은혜 하는 마음은 무너지는 것이 아닐 것이다. 그래, 나의 빈자리를 채워 준 그 여자에게 고맙다고 말해야 하는지도 모른다.

“알았어요. 이 여자와 이 여자의 아기를 책임진다고 약속할게요.”

“여보! 고마워! 당신과 함께여서 참 행복했어, 미안해.”

무엇이 고마운지 왜 책임지고 돌봐주겠다고 약속했는지 정말 내가 한 말인지 입을 만져보았다.

"정말 해낼 수 있니?" 나에게 묻는다.

내안의 적과 싸운다. 부정적으로 생각말자, 나는 할 수 있다. 피하고 도망칠수록 내 안의 그림자가 나를 짓밟는다.

무명화가가 '마지막 잎새, 라는 소설에서 절대 떨어지지 않는 벽화 나뭇잎을 그려놓았기에 마지막 잎새가 떨어지면 죽겠다는 여자를 살렸다는 이야기가 있다. 그 무명화가는 성공한 삶이다. 단 한 사람을 살렸다면 성공한 삶 아닌가.

내가 하는 짓이 그럴 수 있다고 자위하며 떨리는 가슴을 부여잡고 있다.

"그렇지만 불가능할거야, 나는 약속을 왜 했는지 모르지만 남편이 죽는다면 파기할 거야, 내가 왜 책임을 져, 바보야, 미쳤어."

숨이 막혀서 밖으로 나왔다. 남편이 나무위에 떨어져 있었다는 해변을 갔다. 하늘 쪽을 보니 책을 꽂아 놓은 듯 질서정연한 절벽들이 수 킬로미터 씩 겹겹이 세워져있다. 산 정상 와이메아 캐니언에서 바라보았던 나팔리 코스트가 위용을 뽐내고 있다. 위에서 내려다본 모습도 황홀하다 했는데 아래에서 올려다보니 더 환상적이다. 남편은 새가 되고 싶어 했을지도 모른다. 천년 학이 되어 나팔리 코스트를 날고 싶었을지도 모른다.

나는 용기가 없어서 뛰어내리지 못하였지만 남편은 항상 용기 넘치는 사람 아니던가, 도전해 보았을 것이다. 그것이 죽음에 이르는 길일지도 모른다는 것은 나중으로 미루었을 것이다. 그리고 하늘을 날면서 후회했을 것이다. 자신이 새가 되지 못한다는 것을 알 때는 너무 늦었을 것이다. 나도 새가 되어 날고 싶었던 곳이 나팔리 코스트 정상이었지 않은가.

멋진 풍경을 보면서 다가올 현실을 잊으려 해보지만 혼란은 가중된다. 아무리 진정해 보려도 떨리는 가슴을 누를 수 없다. 이젠 안녕히……. 두렵다. 절망적이다. 악몽이다. 공포다. 상처받은 나를 위안해 줄 것은 있을까? 충격과 분노가 일지만 부정해 본다.

남편은 예술혼을 완성하기 위한 수단으로 연극 같은 사랑을 실험해 본 것일까?

죽기 전에 한 번 불타는 사랑을 해보고 싶었을까?

석양이 질 때 붉은 노을을 만들어 놓고 마지막 불꽃을 피우고 간다더니 사랑의 열정을 가슴에 품고 방황하다가 정착한 곳이 이곳일까?

하와이에서 돌아온 후 실성한 사람처럼 지냈다. 분위기를 바꾸려고 활기찬 음악을 틀었다. 하지만 내 귀에 들리는 것은 솔베이지의 노래였다.

~그 겨울이 지나 또 봄은 가고 또 봄은 가고, 그 여름날이 가

면 더 세월이 간다. 세월이 간다.

아! 그러나 그대는 내 님은~ ~ ~……

사랑하거나 이별을 하면 노래 가사가 다 자기와 같다고 한다는 말이 틀린 말이 아닌 모양이다. 슬픈 곡조의 노래를 나도 모르게 부르고 있는 자신을 발견하면서 스스로 놀란다. 그렇게 기다리고 사랑했건만 돌아온 것은 이별과 죽음이란 말이냐고 소리쳐 보기도 한다. 혼이 나간 사람처럼 멍하니 있을 때가 많아져갔다. 사랑의 잔인한 운명을 안타까워하며 살아야할까 하다가도 나를 필요로 하는 학교 교실로 나간다. 내 자신이 상황을 바꿀 수 있는 능력이 없다. 환상에서 살아선 안 된다는 감정이 커진다.

모든 것이 나 때문이다. 억지로라도 남편이 영어 연수 가는 것을 말렸어야했다. 사랑한 사람에게 대한 상실의 느낌이 이런 것이구나. 좋게 생각하다가도 배신당했다는 상처와 분노의 감정으로 두려움과 절망이 온다. 우울증을 앓고 있는 것일까, 남편과 살을 맞닿고 생활할 일이 없어졌다는데 외로움까지 숨막히게 한다. 불안, 우울, 자기비하, 잔인함, 복수심, 피해의식, 공허함 등 부정적인 생각이 몰려온다. 상황을 받아들여야 하는데 자존심이 회복하지 않는다.

"그래, 상대와 나를 용서하자, 마음의 상처로 인한 고통을 내려놓자, 나를 지키고 깨어 나아가자, 상실의 고통을 겪는 과정을 깨달음의 여정으로 승화해 보자. 피할 수 없다면 즐기는 쪽을 택하자." 스스로를 달랜다.

해산 바로 전이 가장 힘들다는데 원망이 답이겠는가. 고난 후에는 두 배의 기쁨이 온다는 것을 믿자. 나에게 주문을 건다. 죽음의 단계를 넘어야 부활에 이를 수 있다. 이제 최선을 다하는 삶을 살아야겠다. 죽음 같은 고통을 맛보았다. 매장당하는 기분을 느꼈다. 상심과 실망감과 낙심에 사로잡혀보았다. 병마에도 시달려보았다. 이런 고난 후에 부활을 준 것은 새롭게 살라는 뜻일 것이다. 고난의 터널을 빠져나와 더 강해질 필요가 있다. 인생의 슬픈 페이지는 그만 보고 이젠 다음 장으로 넘어가자. 회복의 장이 펼쳐질 것이다. 중얼거리며 나를 달랜다. 과거는 지나갔다. 어제와 다른 삶을 원한다면 식어버린 마음에 불을 지펴야 꿈을 향해 나갈 수 있을 것이다. 쓸데없는 걱정은 삶을 지치게 만든다. 쓸데없는 생각은 삶을 향해 나가는데 아무런 도움이 되지 않을 것이다. 쓸데없는 걱정 근심에 사로 잡혀 지옥을 경험하지 말자. 쓸데없이 스스로 무덤을 파고 들어가는 꼴이 되지 말자. 쓸데없는 생각이 현실에 전혀 영향을 줄 수 없다. 그러니 걱정에서 해방되자.

하와이에서 돌아온 후 열흘째에 남편이 죽었다는 연락이 왔다. 끝내 붙잡으려 했던 사람은 떠나고 오지 않았으면 하는 운명이 눈앞에 들이 닥쳤다. 바람이 불지 않은 곳에서도 휘청거렸다. 며칠 동안 몸져누워 있었다. 고독은 물을 주지 않아도 잘도 자라는 모양이다. 더 이상 상처주기 싫다는 말로 상처를 주고는 남편은 영원히 갔다. 세상이란 파도를 나 혼자 타고 있는 것일까? 사랑의 유효기간이 이렇게 짧은 줄 알았다면 다시는 사랑할 수 없을 만큼 사랑할 것을! 다시는 그리워하지 않을 것처럼 사랑할 것을!

모든 것은 영원하지 않다. 사랑도 때가 되면 내 곁을 떠난다. 직업이 고귀해도 그렇고 종교가 친절과 미소라 해도 마찬가지다. 숨쉬기 힘든 공간도 견디다보면 익숙해질 것이다. 행복이 사라진 후에 그때가 행복했음을 이제 알았다. 그때 좀 더 행복을 누릴 것을 사랑할 것을 후회해 보았자 이제는 소용없다. 물고기는 물속에 있을 때는 자유가 무엇인지 행복이 무엇인지 굳이 알려고 하지 않다가 그물에 걸려서 발버둥치면서 깨닫는다. 그때가 행복했음을 알지만 지금은 죽음이 더 가까이 있음을 어찌하랴. 그물에 걸려서 땅위로 끌려오기 전에 알았어야 했고 누렸어야 했다. 행복한 공기는 만지거나 볼 수도 없지만 공기가 사라진 후 감사함을 알게 되는 우리 인간은 또 어떠한가. 행복한 현재를 누리지 못하고 다가오지 않을지도 모를 먼 후일의 행복만 찾아 뜬구름처럼 흘려보냈다 생각하니 후회의 눈물이 앞을 가린다.

그로부터 한 달 뒤에 그 여자와 그 여자의 아기가 왔다. 남편의 영혼이 두 명으로 분산되어 돌아온 것이다. 남편의 영혼이 그 여자와 그 여자의 아기로 환생하여 돌아온 것으로 믿어야 한다.

나는 남편을 대하듯 그 여자와 아기를 돌볼 것이다.

길은 언제나 있다. 많은 길 중에 의미 있는 길을 가야 한다. 정말 도움이 필요한 사람에게 아낌없이 자신을 내어주면 나의 고통도 줄어들겠지, 라고 독백한다. 남들이 할 수 없다고 나도 할 수 없는 것은 아닐 것이다. 동전의 양면에서 어느 쪽을 보느냐 일 것이다. 고난 너머에 승리가 있을 것이다. 하나의 꿈이 죽으면 또 다른 꿈을 꾸면 된다. 하나님께서는 계획이 있을 것이다.

사랑이라면 이래야 한다는 것을 보여주듯 내가 가야할 길이라면 십자가 메고 갈 것이다. 사랑은 고통스런 노동이다. 실행이다. 희생이다. 이기적인 사랑은 사랑이 아니다. 사랑은 용서하는 것이다. 내가 존재한다면 조건 없이 사랑해야 한다. 사랑하지 않으면 살아도 죽은 것, 무조건 사랑해야 한다. 하나님은 알 것이다.

운명이 나를 호명하더니 수갑을 채우려 하지만 나는 도주혐의를 받더라도 나의 길로 갈 것이다.

주어진 삶을 살아야지. 이런 삶도 하나님이 주신 선물일거야, 사소한 것이란 아무것도 없을 거야. 마침표를 찍는 것은 문장을 끝맺을 때나 필요한 거야. 나의 삶에 마침표는 하나님만이 찍을 수 있는 거야. 나만의 스토리를 품는 삶을 살아낸다면 그것이 바로 걸작품일거야. 비교할 필요는 없는 거야, 최선을 다 한다면 인생의 걸작품이 나올 거야.

인생 하프타임은 끝났다. 앞으로 남은 인생을 무엇을 위해, 어떻게 살고 싶은지 그렇게 살 것이다. 오늘은 새날이다.

# 2

# 농부의 소리

# 농부의 소리

그녀의 집에서 연락이 왔다. 그녀가 죽었는데 염을 해달라고 한다. 앞이 보이지 않는다. 절망이다. 모든 꿈이 사라지고 허탈하여 몸을 지탱하기 힘들어진다. 이미 예견은 하였지만 너무 빨리 그녀의 죽음을 듣게 되니 상실감에 털썩 주저앉는다.

염, 또는 습염이라고도 하는 것을 해달라는 말이 뇌리를 스친다. 습이란 시신을 목욕시키고 일체의 의복을 갈아입히는 것이다. 염은 소렴과 대렴으로 구별하는데 소렴은 옷과 이부자리로 시체를 묶는 것이고, 대렴은 시체를 완전하게 묶어서 관에 넣는 것까지를 말한다. 옛날에는 습은 당일에, 소렴은 이튿날에, 대렴은 3일째 되는 날에 했으나, 오늘날에는 염습한다고 하여 한 번에 한다.

습을 하는 사람은 습할 옷과 목욕 및 반함할 기구를 준비한 뒤에, 시신을 시상 위에 올려놓고 목욕시킨다. 목욕은 향수나

물에 향나무를 넣은 것을 솜에 찍어 시체를 씻기는 것이다. 지난날에는 몸 전체를 목욕시켰으나 오늘날에는 몇 군데 향 물을 찍어 문지르는 것으로 그친다. 그런 후에 관의 빈 곳에는 옷과 피륙으로 채운다.

왜 염을 해달라고 부탁하는지 아직은 알 수 없지만 그녀가 죽었다는데 안 갈 수 없다.

눈물 때문인지 비 때문인지 앞이 잘 보이지 않는다. 20년 전부터의 인연이 막을 내리려 한다.

그녀가 살고 있는 동네에서 30분 정도 걸어 오르면 백철의 집이다. 백철은 산자락을 가꾸어 농사를 짓고 산다. 남들이 보면 전원주택에 멋진 농장을 가지고 있는 부자로 인식할 수도 있지만 평범한 농부일 뿐이다. 주택은 값싼 자연 재료로 지었고 농장은 길이 없는 맹지에 위치해서 땅값이 제대로 나갈지 의심스러운 곳이다.

그는 땅을 일구고 그 땅에서 수확한 농작물을 먹고 산다. 노동의 삶이다. 몇 마리의 양에서 우유를 얻고 한 번도 농약이나 비료를 주지 않은 자연 유기농 식품을 생산하여 먹고 산다. 화학비료를 주지 않으니 생산량이 많지 않다. 농약을 치지 않으니 반은 벌레들 먹이다. 수확량은 형편없지만 살아가는데 큰 문제가 되지 않는다. 백철은 혼자 살고 있다. 한때 결혼했지만

3년 만에 이혼했다. 그 후로 독신주의를 고집한다.

농장에서 몸을 써서 일하고 계절에 맞춰 일한다. 그냥 자연에 맞춰 일한다는 표현이 옳을 것이다. 만약 돈의 여유가 있어서 각종 최신 농기계, 스프링클러, 살수기 등을 가지고 있다면 가뭄도 걱정 무, 병충해도 걱정 무 할 것이다.

그러다보면 하늘에서 뭉게구름이 지나가는 것을 보지 못할 것이다. 새들이 노는 것도 제대로 보지 못할 것이다. 신기술은 쉬는 법을 가르쳐 주지 않는다. 아무것도 갖지 않으면 늘 행복하다. 특별한 것이 없으면 행복하다. 그는 이런 마음으로 살고 있다.

가끔 본인이 생산한 유기농산물을 시장에 팔러 나갈 때를 제외하고 항상 농원에 있다. 대화 상대가 새들인지 동물인지 궁금하다. 자연이라고 말할 것이다. 땅이 살아 숨 쉬는 법에 대하여 말할 때는 기인처럼 보인다. 유기농에 대하여 자신의 경험을 이야기 할 때는 힘주어 말한다. 자신의 은밀한 사생활을 쏟아 놓을 때는 쑥스러운 듯 말한다. 그중 첫사랑에 대하여 말할 때는 안타까움에 듣는 이가 눈시울 적시게 한다.

그는 세상에서 안 보이는 것이 더 많다고 말한다. 보이는 것만 이야기 하다보면 안 보이는 것은 무시한다. 보이는 것만 이야기 하는 작은 세계로 살면 세계가 좁아진다. 지금 살고 있는 산도 마찬가지다. 주위도 공간이 더 많다. 이 집과 나무들을 빼면 빈 공간은 차 있는 공간에 비할 수 없이 넓다. 공기라는 말을 생각해 본다. 눈으로 보았을 때 비어 있는 것을 공이라 하고 마음으로 느꼈을 때 차 있는 것이 기다. 합하여 공기다. 숨쉬기도 보이지 않는다. 세상의 기를 받아들이고 기를 내보내는 활동이 숨쉬기다. 사랑은 보이지 않는다. 누군가 사랑한다면 공기 속에 그를 숨 쉴 수 있다. 알 듯 모를 듯, 철학자처럼 말할 때도 있다.

백철은 산속 생활 20년째다.

농사를 짓는 다는 것은 고된 작업이다. 잡념에 빠지거나 고민할 시간이 없다.

그래서 백철도 농사를 짓고 있다고 말할 수 있다.

이방인이 농사를 짓건 아니건, 동네사람들과 친하게 지내려면 둘 중 하나여야 한다. 돈을 베풀던지 몸으로 친절을 베풀던지 해야 한다. 그렇지 않으면 텃새 때문에 견디기 힘들다. 백철은 돈을 낼 형편이 못된다. 상여도 메고 염도 해주면서 친화력을 키우고 산다. 염습을 해주기 시작하면서 동네에서 모르는 사람이 없게 되었다. 처음부터 잘하는 것은 없다. 잘 살아가기 위해 공부하면 된다는 것을 안다. 가장 하고 싶은 것은 그녀의 집에 가서 그녀를 만나는 것이지만 그녀의 행복을 방해할까 봐 그녀의 집을 찾지 못한다. 동네에서 오해의 소지를 만들어서 그녀가 곤란하게 해서는 안 된다고 생각하기 때문이다. 이제 와서 어쩌란 말이냐고 자문한다. 그녀가 사랑의 마음을 알아주건 못 알아주건 그 문제는 별도다.

집 입구에 솟대를 만들어 놓았다. 그녀가 잘 되라는 뜻에서 솟대를 만들어 놓고 말하는 것으로 하루를 시작하고 마감한다.

"진아! 안녕! 오늘도 사랑해!"

그녀가 사는 집을 향하여 새 모양의 솟대를 만들어 높게 세워놓고 수없이 바라본다. 그때 그 시절에 사랑해, 라고 단 한 번만 했었다면 역사는 바뀌었을지도 모르는데 이제 '사랑해'를 남발하는 것은 소가 웃을 일이다. 그녀의 이름인 '진아'를 하루에도 수없이 부른다. 언젠가 그녀를 위해 무엇인가 해줄 것이라는 믿음으로 그녀보다 먼저 죽어서는 안 된다며 살고 있다.

점심을 먹는다. 돼지감자를 캐어 소금에 버무린다. 그리고 고춧가루를 섞어서 깍두기를 만들어 단지에 넣는다. 일부의 돼지감자 깍두기와 밥을 먹는다. 참 간단한 점심이다. 많이 먹어서 병이 생긴다고 믿어서일까 항상 간단하다. 영양분은 자연의 물과 공기에서 얻는다고 생각하나보다. 가난의 설움을 자연에서 보상받는다고 생각한다. 유쾌한 산중생활이다.

무공해 채소 반찬으로 저녁은 먹을 것이다. 밥은 잣죽으로 먹을 것이다. 잣을 찾으러 산속으로 간다. 청솔모가 난리다. 지들이 따 놓은 것을 주워간다고 나무 사이로 건너뛰면서 캑

캑거린다. 잣죽은 고소함의 끝판 왕이다. 이렇게 사는 것이 일상이다. 함께 살자며 다람쥐에게 손을 흔들어 준다. 맑은 공기가 행복감을 준다.

걸어도, 쉬어도 일을 해도 그녀가 삶의 원동력이다. 그녀가 살아 있다는 것이 희망이다.

왜 혼자 사느냐고 물으면 그는 남몰래 어떤 사람을 그리워하며 사랑하고 있기 때문이라고 말한다. 누구인지 어디에서 사는지 어떻게 생겼는지는 절대로 말하지 않고 뜬구름처럼 말한다. 나이 들어서도 언젠가 그녀와 함께할 순간을 기다리는 간절함이 삶을 지탱해 준다고도 말한다. 그는 그리운 그녀가 보고 싶을 때는 눕는 곳이 따로 있는 모양이다. 계곡에서 물소리가 가장 큰 곳이다. 남들은 힐링한다고 생각할 수 있으나 백철에게는 그리움을 삭이는 곳이다. 물소리 들으며 하늘을 향해 소리친다.

"사랑한다, 진아야! 너도 사랑하고 있다는 것을 안다. 어쩔 수 없는 운명이 안타까움이지. 힘들면 말해. 무엇이든 해줄게. 사랑한다, 진아!"

그 시절에는 왜 그렇게 소심했을까 되돌아본다. 군대 가기 전에 사랑하는 사이였다. 미지근한 성격이 문제였다. 언젠가 청혼하면 아내가 되어줄 것이라고 믿었다. 군대 갔다 오면 변할 줄 알았는데 변하지 않았다. 그녀 앞에서는 언제나 수줍은 청년이었다. 청혼하면 수락할 것으로 믿었으면서도 그녀를 행복하게 해줄 자신이 없었다. 가진 것 없고 배운 것 없는 사람이 무엇으로 그녀를 행복하게 해줄 것인가 의심만 했다. 청혼하기는커녕 아까운 시간만 흘러 보냈다. 오랜 세월 사귀었어도 잠시 동안 손 한번 잡은 것이 육체적인 접촉 전부였다. 그녀가 일부러 그랬는지는 몰라도 미끄러져서 넘어진 것을 도와줄 때 뿐이었을 것이다. 바보처럼 용기 없고 순진하기만 한 총각은 세상을 살아가기 힘들어 보였을 것이다. 결국 그녀는 다른 사람과 약혼을 하고 결혼을 했다. 상대는 부잣집 아들이고 많이 배운 사람이었다. 첫사랑 연인보다 훨씬 나은 사람이었다. 그녀만 행복하다면 괜찮다고 백철은 스스로를 달랬지만 한동안 앓아눕기까지 했다. 사랑을 찾지 못하고 오히려 그녀의 선택이 올바를 것이라고 기도해주는 것이 백철의 태도였다. 그녀를 얼마나 사랑했는지 끝내 고백하지도 못했다. 사랑해, 라는 세 글자가 왜 그렇게 힘들었는지 이해가 가지 않았다. 그리고 세월이 흘렀다. 그녀가 아프다는 말을 들었다. 그녀의 남편도 아프다는 말을 들었다. 물 좋고 공기 좋은 곳인 이곳 만복골로 이사 했다는 것을 듣게 된 후 백철도 그녀가 산다는 만복골에서 3킬로미터 산 위에 집을 짓고 살게 된 것이다. 동네 마을회관에서 한번 본 적이 있다. 처음에는 바로 알아보지 못했다.

많이 초췌해 있었다. 그녀의 집에 한번 간 적도 있다. 그녀는 깊은 병에 시름시름 앓고 있는 모습이었다. 남편은 자기보다 더 아파서 서울 큰 병원에 입원 중이라고 하였다. 그녀의 아들은 장성해 있었다. 지금 그녀의 집에는 도우미 아주머니와 아들, 이렇게 3명이 살고 있었다. 물려받은 유산이 많은지 부유해 보였지만 얼굴의 그늘은 안쓰러워 보였다. 차 한 잔을 마시면서 그녀의 넓은 정원에서 두 사람만의 대화를 20년 만에 할 수 있었다.

"오랜만이지요. 잘 지내시지요."

그녀가 먼저 말을 꺼냈다.

"보시는 것과 같습니다."

"가족은 어떻게 되세요?"

"혼자 삽니다. 아내도 자식도 없습니다."

"아직도 첫사랑을 잊지 못하고 계신 것은 아니지요?"

"지금은 말할 자신이 있는데 말할 수 없네요."

그녀의 얼굴이 상기되는 것을 놓치지 않았다. 그녀는 살며시 일어나서 아름답게 꾸며놓은 정원을 걸어가더니 꽃을 쓰다듬는다. 그녀의 마음을 조금은 읽을 수 있다. 예전에 몰랐던 일들이다.

"제가 왜 만복골 산자락에서 살고 있는지 아세요?"

"그만 말씀하세요. 다 압니다."

무엇을 안다고 하는지 알 수는 없다. 여자는 남자의 눈빛만 보아도 알 수 있는 것일까? 말 몇 마디에 전부 다 알겠다고 하는 느낌이다. 그녀와는 한때 너무나 사랑했던 사이였다. 그녀도 후회하고 있을까? 가난해도 결혼했더라면 행복했을까? 지금처럼 아파서 힘들어 하지는 않았을까? 마음의 병일까?

"남편은 6개월 이상 못 산다고 해요. 저도 얼마 살지 못한대요. 유명 병원 의사의 진단을 부정하고 싶지만 하느님의 뜻이라면 받아들여야지요. 거꾸로 돌릴 수 없는 인생이기에 삶에 대한 미련은 없어요. 제 잘못을 제가 짊어지고 가야겠지요. 저의 죄 값이라면 받아야겠지요."

"무슨 병인데요?"

"위장병입니다. 먹으면 배 아프고 배고프면 속이 쓰려요. 신경성 위장병이래요.그것이 수술하기 힘들답니다. 너무 오랫동안 병을 키웠다네요."

"자연은 사람을 살려요. 자연이 병을 낫게 해줘요. 농장에 위장병 특효약이 있습니다. 저도 누군가를 그리워하다가 신경성 위장병에 걸렸었지요. 농장에 온 이후 다 나았어요. 제가 가져다 드릴까요?"

"아닙니다. 제가 내일이나 모레 갈게요."

"모든 병은 마음에서 나온다지요. 마음을 굳게 먹으세요. 만약 돌아가시면 또 한 사람이 다른 곳에서 죽을지도 몰라요."

"백철 님은 행복하셔야 해요. 꼭 결혼하세요. 제가 죽는다는 것을 믿지 않으시는군요."

다시 만날 기회가 있을 것이라고 참고 살아왔는데, 드디어 기회를 만나 마주앉아 대화를 하는 첫 이야기가 머지않아서 죽는다는 말을 수용 거부하면서 가슴을 뭉클하게 만든다.

"한 여자를 사랑했습니다. 지금도 사랑하고 있어서 결혼하지 못하고 있습니다."

그녀는 자신을 이야기 한다는 것을 아는지, 사랑한다는 말을 듣고 눈물을 흘리고 있다. 그 옛날에 했어야 할 말을 이제는 자신 있게 하고 있다. 수천 번 외웠던 말이라 쉽게 말하였을까? 지금 하지 않으면 영원히 하지 못할 것이라고 생각해서일까? 사랑한다는 말을 쉽게 한다는 것에 스스로 놀란다.

그녀는 본인의 행복보다 더 신경 쓰고 있는지도 모른다. 더 이상 관심 쓰지 말고 장가가라는 뜻일까? 곧 죽을 것이라는 거짓말을 스스럼없이 말한다고 느껴진다.

"왜? 그때는 그런 용기가 없으셨나요? 얼마나 기다렸었는지 몰라요."

그녀의 음성이 들린다. 집에 돌아오면서 그녀의 청혼을 기다렸다는 말이 자꾸만 뇌리에 스친다. 그녀도 한이 많았던 모양이다. 그녀도 나를 원했었구나. 패기 없는 젊은이로 살았구나. 기세등등해도 문제 될 것이 없는 청년이었는데 그녀 앞에서만 작아졌구나. 한없이 부끄러웠던 시절을 그리면서 술 취한 사람처럼 비틀거리며 걷는다. 그 시절에는 단둘이 있을 때가 무척 많았었다. 얼마든지 사랑을 고백할 수 있었다. 지금처럼 주위를 살피면서 고백할 이유가 없었다. 지금은 소용없는 사랑 고백 아닌가. 절호의 기회는 살리지 못하고 때를 놓쳤다고 한탄하고 있다. 그녀의 행복을 위해서 그녀에 대한 감정을 가슴 속 깊이 묻어두었지 않은가. 그동안 그녀를 만날 수 있는 기회는 많았다. 먼발치에서 농사를 지으면서 그녀를 향해 그리움만 쌓고 있었다. 다시 만나서 할 수 있는 일이 없다고 생각했다. 행복을 파괴하는 저승사자가 되고 싶지 않았다. 그녀를 만나지 않으면 그녀의 행복은 지켜지리라고 생각했던 것이다. 만약 그녀가 약혼했을 때라도 결혼하자고 말했으면 정혼자와 파혼하고 행복한 삶을 영위하고 있었을까? 지금처럼 가슴앓이로 아파하며 죽어가고 있지는 않을 것인가? 어리석었다. 지금 고백하는 바보 멍청이가 있구나. 둘이 함께 있었다면 농사를 짓지는 않았을 것이다. 지금의 용기라면 그녀의 행복을 위해 무슨 일이든 했을 것이다. 행복하게 해줄 자신이 있다. 그녀에 대한 그리움으로 결혼 3년도 되지 않아 이혼의 아픔도 겪었다. 아내는 좋은 여자지만 마음이 딴 곳에 있다는 것을 쉽게 간파하고 말았다. 아내는 울며 매달렸지만 그 순간뿐 아내에게 정이 가지 않았다. 일편단심 그녀뿐이었다. 가슴의 전부를 차지한 그녀지만 결혼하면 잊혀질 줄 알았는데 아무 소용없었다. 아내와 이혼하고 산자락에서 농사에 전념한다. 진아 그녀도 정혼자와 결혼하였지만 첫사랑을 잊지 못해 가슴에 상사병이 난 것일까?

세월이 갔다. 중년이 넘었다.

집에 돌아와서 서성거린다. 묵을 해먹겠다고 상수리나무를 심었던 것이 이제는 안마당을 그늘지게 만들고 있다.

일부 베어버릴까 생각하며 톱을 들고 나선다. 무엇인가 일을 하지 않으면 잡념으로 머리가 터져버릴 것 같아서이다. 나무 꼭대기에 까마귀가 앉아 있다. 이름 모를 작은 새도 열심히 가지 사이로 날고 있다. 새들이 상수리나무를 좋아하는 이유는 무엇일까? 쉬기 좋은 나무라서일까? 상수리나무에 벌레들이 많아서 그럴까? 벌레가 없어도 매미는 나무즙을 먹으러 줄기 어딘가에 머물다 간다. 꽃이 필 때는 벌들이 찾아온다. 줄기의 껍질을 슬쩍 들춰본다. 겉껍질과 줄기 사이에 벌레들이 몇 마리 있다. 흙이 닿는 부분을 헤집으니 개미, 지렁이, 굼벵이도 있다. 이 나무에는 다양한 동물들이 저마다 공간에서 살고 있다. 상수리나무는 여러 동물들이 모여 사는 아파트인 셈이다.

내가 아파트 한 채를 무너뜨린다고 생각하니 들었던 톱을 다시 내려놓는다. 동물들도 시 공간을 침해하지 않고 살고 있는데 인간이 남의 공간을 파괴하여서는 안 된다는 생각이 든다. 우리에게 별 의미 없는 공간일 수 있지만 어떤 생명에게는 더 없이 소중한 공간일 수 있겠다. 다른 존재가 대상을 인식하는 방법에도 한번 쯤 관심 가질 필요가 있겠다. 나와 다름을 인정하고 받아들이자. 나의 영역을 넘지 말자.

마루에 앉는다. 하늘이 참 맑다. 미세먼지에 호흡하기 힘들었던 지난날이 생각난다. 미세먼지가 어느 나라에서 바람타고 온다든지, 어디서 많이 발생한다고 애매한 것들에 화살을 돌린다. 결국은 사람이다. 자동자의 매연과 가스, 화학연료, 에어컨 등 에너지 소비, 녹지가 적은 도시, 아파트 공화국의 답답함, 등 우리가 일상에서 만들어 내고 발생시키고 있는 것인데 엉뚱한 곳에서 해답을 쉽게 찾으려 한다. 왜? 이곳이 미세먼지가 없는지 비교해 보면 간단하다.

다른 생각을 하려고 머리를 회전한다. 오늘은 왜 이렇게 잡념이 많아질까? 다시 일어선다. 사랑이 짐인데 내려놓지 못함을 어찌하랴.

그녀를 어떻게 하겠다는 것인가. 그녀에 대한 욕심은 비워지지 않는가? 욕심이란 결코 충족될 수 없다는 것을 간과하는 것은 아닐까? 설혹 그녀와 사랑을 나눈다 해도 더 큰 욕심을 낳게 마련일 것이다. 끝도 없다는 사실을 왜 모를까?

상수리나무의 생명들처럼, 주위에 있는 뭇 생명들과 서로

의지하며 살아가는 연결된 존재라는 인식을 알지 않는가? 탐욕의 무게를 내려놓자.

아침은 항상 온다. 태양은 어제의 태양이 아닐지 몰라도 뜨고 진다. 우리네 인생은 봄이 오면 꽃이 피듯 그렇게 되지 못한다. 유한의 삶에서 의미 있는 삶을 살아야 한다. 아침을 간단하게 먹고 밭으로 향한다. 오늘은 뜻있는 날이 될지도 모른다. 어제 그녀가 그랬다. 오늘이나 내일쯤 농장에 한번 가 보겠다고 분명 말했다. 밭에 난 작물을 확인한다. 돌아와서 정원을 둘러보고 마당을 쓴다. 오랜만에 거울을 보고 깨끗한 옷을 입는다. 이것저것 그녀가 왔을 때의 계획이 완벽하게 준비되었는지 확인한다. 설렘이다. 오랜 세월동안 이렇게 설레인 적은 없었다. 해가 중천에 떴다. 그녀를 기다리다가 지쳐 죽을 것 같다. 그녀가 도착한 것은 정오를 세 시간 지난 후였다.

"안녕하세요?"

"늦은 시간에 오셨네요. 여기까지 오시느라 힘드시지요. 위장에 특효약을 드시러 가시지요."

뒤에 따라오는 그녀는 발소리도 들리지 않는다. 천사인지 사람인지 자꾸 되돌아본다. 가슴이 쿵쿵 뛴다. 밭에 심어 놓은 와송 재배지로 함께 간다.

"이렇게 따서 그냥 생것으로 씹어 먹어요."

알려준 대로 그녀는 아주 작은 량을 따 씹으면서 얼굴을 찡그린다.

"너무 써요. 레몬 맛이네요."

"혹시 그러실 줄 알고 산에서 채취한 꿀을 가져왔습니다. 이 꿀은 양봉이 아니고 네팔의 석청과 같은 효과가 있는 꿀입니다. 땅에서 캔 자연산 꿀이거든요. 찍어 드세요."

그녀가 밭에 재배한 와송을 몇 개 따서 꿀에 찍어 먹는다.

"저녁 식사 시간은 멀었지만 제가 먹는 방법대로 이른 저녁을 해드릴게요."

어제 캐어서 씻어 놓은 토란을 찐다. 그리고 산삼과 표고버섯을 넣고 하얀 밥을 한다.

"백철님은 옛날에 작가가 되고 싶어 했잖아요? 꿈을 버리지 마세요. 옛날에 작가는 가난하다는 공식이 있었지만 지금은 능력 있는 작가는 성공하여 다 얻을 수 있어요. 백철님은 분명하신다면 할 수 있어요. 결혼하시고 꿈을 버리지 마세요. 제 소원 들어주시는 거지요? 유명 작가 아니, 노벨 문학상을 타실 것을 믿어요. 응원할게요. 제가 하늘나라에 먼저 가면 거기서도 응원할게요."

그녀의 말을 들으면서 백철은 식사 준비를 하고 있다. 그녀의 말들이 산중 새소리보다 훨씬 즐거움을 준다는 것을 느낀다. 시간은 참 빨리도 간다.

"저는 이곳 산중으로 온 이후 스트레스가 없어졌어요. 자유를 느껴요."

"혼자 사시면 외롭지는 않으세요?"

"왜 혼자 살아요. 아까 저의 집 앞에 있는 솟대 보셨나요? 그 솟대가 제가 사랑하는 여자의 분신입니다. 매일 사랑해, 라고 말하며 하루를 시작하고 사랑해 라고 말하며 하루를 마감해요. 솟대의 이름이 무엇인지 아세요?"

"……"

"진아입니다."

그녀가 얼굴이 달아오르는 것을 본다.

"자! 식사 준비 끝."

"와! 모양도 좋고 향기는 더 좋네요. 무엇으로 밥을 했어요."

"언젠가 진아씨 드릴 수 있을까 하면서 보관 중이었는데 그 소망이 이루어졌네요. 이것은 산에서 제가 캔 100년 묵은 더덕입니다. 유기농 자연 식품으로 재배한 표고버섯을 썰어서 넣고 산삼 두 뿌리 넣었습니다. 드셔보세요."

그녀가 황홀한 눈망울을 굴리며 수저를 든다. 입이 저렇게 작았든가? 새처럼 작은 입으로 어떻게 먹을까? 걱정하는 사이에 그녀가 작은 입에 한입 넣는다. 꼭 작은 인형 같다.

"와! 이렇게 맛있는 식사 생전 처음이네요."

"네! 꼭 나을 것이에요. 저도 신경성 위장병이었는데 이런 것 먹고 다 나았거든요. 진아씨도 쾌차하셔서 더 좋은 나날을 만들어요."

그녀는 한입 넣고 오래오래 씹는다. 먹다가 먼 하늘 보고 다시 밥그릇을 본다.

"반찬도 드세요."

"너무 맛있어서 반찬이 필요 없네요. 이 깍두기는 특별한데 무엇으로 만들었어요?"

"진아씨 입맛에 맞나 봐요. 돼지감자 깍두기거든요. 드릅도 드셔보세요. 오늘 아침에 직접 딴 자연식품입니다."

"어떤 뷔페보다 더 맛있네요. 아무리 비싸고 좋은 요리라도 백철님의 오늘 음식은 최고네요."

"저희들만 맛있게 먹으면 안 되지요. 새들 먹이 주고 올게요."

땅콩을 한줌 부셔서 처마 밑에 있는 새장에 넣고 온다.

"새들이 곧 몰려 올 겁니다. 본래 이곳은 새들의 터전이었겠지요. 새들 터전을 침략했으니 보상해 주어야지요."

그녀는 시종 웃음 만발이다. 식사를 마치고 흐뭇해 하는 그녀를 바라보며 행복감에 젖는다.

"이렇게 웃어보기는 처음이네요."

"자주 놀러 오세요."

"세상사 마음대로 되나요. 어쩌면 오늘이 이곳 방문의 처음

이자 마지막이 될 수도 있어요."

새들이 지저귀기 시작한다. 땅콩 한 개를 물고 날아가면 다른 새들이 땅콩을 먹으러온다. 새들이 점점 많아진다. 감사의 표시로 합창을 한다.

"어머! 제가 새 학교에 온 것만 같아요. 새들이 정말 많아요. 비가 오듯 많이 오네요."

"진아씨가 작가가 되는 것이 더 쉽겠어요. 표현력이 훌륭해요."

"저는 작가의 꿈을 꾼 적이 없어요. 백철님이 작가의 꿈을 꾸셨지요? 저를 모델로 삼아도 좋아요. 다른 사람의 성공에 기여했다고 생각하면 기분이 좋을 듯해요."

웃는 얼굴이 천사가 따로 없다. 예쁘다. 정말 예쁘다.

"낮에는 농사 일 때문에 외로울 시간이 없다 해도 밤은 어떻게 보내세요?"

"밤에는 하늘을 보지요. 북두칠성을 오랫동안 봅니다. 만약 북두칠성이 없어지면 북극성을 보지요. 북극성은 아주 늦게까지 자리를 지키거든요. 그리고 그 옆에 오리온 자리도 보지요. 제가 가장 오랫동안 보면서 이야기 주고받는 별은 오리온 자리 아래에 있는 빛나는 별입니다. 이름이 알파성이라고 하는데 저는 진아 별이라고 불러요. 진아 별과 밤을 새워 이야기 하다보면 외로움이 무엇인지 모를 때가 더 많아요."

"진짜요?"

그녀는 상기된 얼굴을 감추려고 다른 곳을 보고 있다.

"멧돼지, 뱀, 늑대 같은 것이 출몰할 수 있을 것 같은데 무섭지 않아요?"

"아하! 제가 검도 했잖아요. 항상 몽둥이를 가지고 다니지요."

"물은 어떻게 이용하세요."

"조금 후에 냇가로 갈 것입니다. 물은 저쪽 계곡 냇가에서부터 200미터 호스를 묻었어요. 호스 내리면 즉시 물이 철철 흘러나와요."

"누가 괴짜라고 하지 않아요?"

"남과 비교하거나, 남 신경 쓰기 때문에 불행해진다는 것을 이미 터득했거든요. 자! 후식은 칡즙입니다. 입맛이 맞을지 모르겠네요."

미리 준비한 칡즙을 한 컵 그녀에게 건넨다.

"칡즙이 이런 맛이었나요? 건강원에서 먹었을 때는 이런 맛이 아니었어요."

"이 칡즙은 어린 암놈이거든요."

"네! 칡도 암놈 수놈이 있어요? 재미있네요. 산속에서도 꿈은 버리지 않으셨지요?"

"그 때는 경제적 정신적 여유도 없었고 한몸 간수하기도 힘들었었지요. 부모님의 한을 풀어 드리려고 얼떨결에 결혼했었지만 3년도 못가서 이혼했어요. 부모님은 제가 결혼한 다음해에 돌아가셨고요. 사랑 없이 결혼하는 것은 절대로 안 된다는 것을 알게 되었어요. 독신으로 사는 이유가 그래요. 첫사랑을 못 잊어서도 그렇지만요. 글을 틈틈이 썼지요. 여유 없으니 글도 쓸 수 없더라고요. 페이스 북, 블로그, 카페, 등 다 해보았지요. 다 부질없더라고요. 지금은 다 끊고 내려놓고 이렇게 조용히 살고 있어요. 농사짓고 생각 없이 살아요."

"그래서는 안 되어요. 꿈을 좇으세요. 현실을 직시하여야 하지만 잠재된 능력이 발휘되지 않은 것은 노력하지 않은 것이에요. 인생은 단 한번 뿐이잖아요. 포기하지 마세요. 꿈을 포기하는 순간 시합 종료예요."

"현재의 꿈을 더 이상 좇지 말고 새로운 재능을 찾아보라는 사람이 있었어요. 진아씨만 저를 믿어주시는 군요. 농부의 소리를 써볼까 고민 중인 것은 사실입니다."

"그것 보세요. 진짜 늙었다는 것은 꿈을 포기하는 순간이어요. 백철님! 파이팅!"

잠시 정적이 흐른다. 장소를 옮겨서 더 즐겁게 해주고 싶다.

"명상의 냇가를 가볼까요. 식사 후에는 산책이 좋아요."

계곡 냇가에서 물소리가 가장 크게 나는 자리로 안내한다.

"여기가 제가 주로 누워서 하늘을 보는 곳이지요. 옆에 있는 텐트는 낮잠 자고 싶을 때를 대비하여 준비해 놓은 것이고요."
물에 손을 씻는다. 근처의 나무에게 뿌린다. 물에 한을 푸는 사람처럼 손으로 물을 떠서 하늘로 던진다. 그녀는 말없이 흐르는 물에 손을 담그고 있다.
"여기 보세요. 가재가 있어요."
가재를 잡아서 그녀의 손바닥에 올려놓겠다며 손을 내밀라 한다.
"움직이지 않으면 물지 않아요. 자 놓습니다."
살며시 천천히 옮기고 있다. 그녀의 손에 거의 다가간다. 그녀가 긴장하고 있다. 숨소리마저 들리지 않는다.
"악!"
내가 소리치는 바람에 그녀가 내가 있는 쪽으로 달려든다. 한동안 계곡이 떨어져 나가라고 웃는다.
"자연에서 살면 행복합니다. 자연에서 모두 얻지요. 양치질은 이렇게 해요. 한번 해보세요."
근처에 있는 겨자나무 뿌리를 캐어 물에 씻는다. 잔뿌리가 가장 많이 달린 부분을 잘라서 치약을 묻히지 않고 칫솔인양 문지른다.
"어머! 입안이 개운해요. 향이 참 좋네요."
그녀가 양치질을 하고 방긋 웃는다. 자연스럽게 자연의 식물뿌리로 양치질을 할 수 있다는 것이 재미있는지 함박웃음이 그치지 않는다.

"여기까지 오셨으니 선물 하나 드리지요."

냇가 계곡 따라 예쁜 꽃들이 만발해 있다. 백철은 꽃을 줄기까지 꺾어서 여러 개 꺾어온다. 이리 저리 살피더니 열심히 만든다.

"자! 다 되었네요. 이 꽃이 금낭화입니다. 진아씨에게 세상에서 가장 아름다운 목걸이를 걸어 주고 싶었습니다. 오늘 실행합니다. 이 꽃 이름이 금낭화입니다. 마치 낚싯줄에 낚싯바늘을 매달아 놓은 후 그 바늘에 무엇인가 예쁜 꽃을 매달아 놓은 듯 주렁주렁 피어 있지요. 금낭화라는 이름은 꽃이 비단 주머니 모양이라는 뜻입니다. 주렁주렁 매달려 있는 것이 다이아몬드는 아니지만 이렇게 만들어 놓으니 아름답지요. 향기 좋고 색깔 좋지요. 언젠가 만들어 주고 싶었습니다.

다 되었네요. 제가 직접 걸어드리지요."

그녀가 긴 생머리를 들어 올린다. 금낭화 목걸이를 걸어주면서 그녀를 와락 안을 뻔했다. 그녀가 살며시 기댔기 때문이다. 지금은 그러할 시간이 아니라는 생각이 왜 들었을까? 시간은 많을 것이라는 생각은 왜 했을까? 멍 때리고 있는데 그녀가 말문을 연다.

"너무 예뻐요. 어떤 값진 것보다 더 귀한 선물이네요. 이렇게 좋은 선물은 생전에 처음이네요."

"좋으시다니 다행이네요."

"20년 전에 네 잎 클로버 찾아 준다고 잔디밭에 갔던 기억이 생각나네요. 토끼풀 꽃으로 팔찌를 만들어 주신 적 있었어요. 아마, 반지까지 만들어 주셨을 것입니다. 어렵게 찾은 4장짜리 클로버 잎을 일기장에 곱게 펼쳐 넣어 두었어요. 저는 지금까지 단 한 번도 네잎 클로버를 찾아내지 못하였는데 백철님은 쉽게 찾으셨지요. 지금도 일기장을 찾아보면 있을 거예요. 언제였든가, 집 정리하다가 일기장에 간직한 잘 마른 클로버 잎을 발견한 적이 있어요. 추억을 그리며 어린 시절을 그려보았지요. 백철님은 그때도 지금처럼 순진했어요."

그녀가 행복해 한다. 덩달아 행복하다. 그녀가 웃는 모습을 매일 보고 싶었던 소원을 풀고 있다.

못다 한 이야기가 계속된다. 데이트 신청했던 추억부터 지금의 상황까지 이야기 하면서 웃다가 탄식하며 시간 가는 줄 모른다.

"다시 시작할 수 있을까요?"

그녀가 한 말에 넘어질 뻔했다. 다시 사랑을 할 수 있을지 모른다는 뜻이 아닌가? 결혼하여 잘 살고 있는 그녀가 농담으로 한 이상향을 현실로 잘못 판단해서는 안 된다는 생각이 먼저 든다.

"늦기는 했지만 그래도……"

아직도 서투르다. 나중을 생각하지 말고 덥석 물어야 했지만 흔들리는 마음만 진정시키려고 마음에 없는 말을 한다. 당신을 기다리느라고 20년 동안 이 산속에서 혼자 살고 있다고 외치고 싶은데 입술이 석고상처럼 굳었다. 어떤 말을 던져서 상대를 얼어 버리게 했는지 잊었을까? 무관심하게도 그녀는 냇가에서 작은 돌을 주웠다가 물에 넣고 다시 꺼내며 장난을 하고 있다. 주위는 조용하다. 깊은 산속에 누가 올수는 없다.

속으로 침을 삼킨다. 그리고 독백한다.

"기회다. 아무도 없다. 얼마나 기다린 기회냐."

"무슨 기회? 무엇을 기다렸다고?"

혼자 생각하고 혼자 말을 삼킨다.

그녀가 일어나서 쳐다본다. 나의 얼굴을 똑바로 바라본다. 눈을 보다가 입술을 보다가 아래로 눈을 내렸다 올린다. 이럴 때는 어떻게 해야 할까? 어떻게 해야 하는 것일까? 망설이며 진아의 눈을 바라보는데 그녀가 먼저 말을 건넨다.

"오늘 좋은 구경했어요. 맛있게 먹고 즐겁게 놀았어요. 생전에 이런 호사를 누려본 적은 없었어요. 고마워요. 그럼 갈게요."

그녀가 천천히 발걸음을 옮긴다.

"진아! 잠깐만요. 쑥떡을 해 드리려고 준비해 놓았어요."

"너무 늦었어요. 제가 백철님의 정성을 받을 준비가 되어 있지 않나 봐요. 어두우면 내려가기 힘들어요."

"제가 바래다 드릴게요."

"그러다가 소문나면 백철님만 이상한 사람 되요. 갈게요. 맛있게 먹은 거로 생각할게요."

그녀가 돌아선다.

"진아! 사랑해요."

뒤에서는 용기가 더 나는 모양일까?

그녀가 뒤돌아서서 앞으로 가까이 다가온다. 그리고 앞에 가만히 서서 얼굴을 쳐다본다. 눈으로 잠시 시선을 맞추더니 가슴에 비스듬히 얼굴을 숙인다. 그녀의 뜨거운 손이 가슴으로 전달된다. 심장이 방망이 친다. 그래 지금이야. 기회는 다시 오지 않을지도 몰라. 얼마나 그리웠느냐 백철은 갈망하였던 것을 실행하려 한다.

"진짜 갈게요."

그녀가 돌아서서 몇 발자국 걷는다.

"진아!"

"백철님! 꼭 결혼하세요. 저는 백철님과 결혼하고 싶었어요. 백철님이 저에게 청혼했었다면 저는 수락했을 거예요. 아직도 그러하네요. 저는 다시는 이곳에 오지 못할 거예요. 제가 죽어야 저를 탐하실 분이네요. 안녕히 계세요."

그녀가 내려간다.

"저, 진아……"

부르는 소리는 있지만 귀에 들리지 않는다. 만지고 싶어 했던 두 손은 허공을 만지고 있다. 그녀는 사라졌는데 없는 그녀를 만지고 있다. 그녀가 아주 천천히 가고 있는 모양이다. 이제 저 마지막 모퉁이만 지나면 보이지 않는다. 그녀가 움직이지 않는다. 앉아서 어깨를 들썩인다. 울고 있는 모양이다. 바보, 바보 하면서 흐느끼고 있을지도 모른다. 지금 이 사람도 한없이 울고 있다고 전할 방법은 없다.

지금 상황이 혼란스럽다. 얼마 전에 잠시나마 즐거웠던 날이 있었다. 20년 전의 추억도 있었다. 어떻게 그녀의 주검 앞에서 멍하니 서 있게 되었는가? 염을 해달라는 부탁으로 왔지만 손에 일이 잡히지 않는다. 누군가가 재촉하지 않았으면 망부석처럼 한없이 서 있었을지도 모른다.

그녀는 편안하게 누워 있다. 영혼은 이미 하늘로 떠나갔을지 몰라도 속으로 이름을 불러본다. 왜? 백철에게 염습을 하게 하였을까? 만복골의 자연스런 관례인가? 죽음을 확인하라는 이유 때문인가? 죽었으니 마음대로 탐하라는 뜻일까?

날이 더운 것도 아닌데 땀이 줄줄 흐른다. 아니다, 눈물이 흐른다. 후회한다. 죄책감을 느낀다. 긴 세월동안 마음속에 간직한 여자가 백철의 앞에 죽어서 누워 있다. 아직 식지 않은 여자를 마음대로 만질 수 있다. 여자의 주검 앞에서 백철은 그녀를 바라보면서 하염없이 눈물을 흘린다. 그녀에 대한 유일한 바람이 사라졌다. 평생 하지 못한 고백을 주검 앞에서 말하게 되었다. 얼이 빠졌다. 슬프기도 하지만 불안해서이다. 사람들이 나에게 관심 없는 것이 다행이다. 문상객들 때문인지 들락거린다. 어느 순간에 그녀와 단둘이 있을 때가 많아진다. 이렇게 단둘이 밀폐된 방안에 있을 줄은 몰랐다. 처음 손을 잡아보았을 때의 감정이 되돌아 오는 듯하다. 그녀의 손을 잡고 가슴에 올려놓는다.

'하느님! 이제 육체가 겪은 삶의 고통을 거두어 주시고 평안의 길로 인도해주십시오. 죽음이 두려웠던 것이 아니라 삶이 더 두려웠을지도 몰라요. 이제는 다 잊고 천국에서 평안하게 지내도록 인도해주십시오'

기도를 한 후 다시 염을 한다. 방안이 어두운지 시야가 흐리다. 들리는 것은 염습하는 농부의 소리뿐이다.

어 여 어 히 어 혀 어 히

영혼이 메말랐네. 영혼은 어디 갔나,

그림자도 볼 수 없네.

어 여 어 히 어 혀 어 히

천국 가시는 분은 곧 출발하겠네.

남은 사람은 다시 볼 수 없다네.

어 여 어 히 어 혀 어 히
천국에 가시거든 남아 있는 사람의 괴로움은 보지 마시오.
누구도 천국 가실 때 꽃 한 송이 따다 줄 수 없다네.
어 여 어 히 어 혀 어 히
가실 때 배고프실까 봐 최후의 음식 가져다 놓았네.
교통비가 필요할까 봐 수의에 노자 돈 넣었네.
어 여 어 히 어 혀 어 히
모든 행복 걸고 간절히 기도하네.
하늘 길 혼자 가기 싫으면 같이 가자 부탁해 보시오
좋은 곳으로 가게 해 달라고 빌고 또 비네
어 혀 어 히 어 혀 어 히…….

# |3|

# 괜찮다 몰타니까

# 괜찮다, 몰타니까

몰타의 수도 발레타 버스터미널 앞 분수 옆에 앉아있다. 발레타 첫인상은 시공간을 뛰어넘은 세상처럼 보인다. 수천 년 전으로 타임머신을 타고 왔다고 느낀다. 앞에는 신세계다. 인구 42만 명의 나라. 관광객은 이 나라 인구보다 항상 훨씬 많은 나라. 인종백화점 같다. 사람들이 많은 것은 관광객이 현지인보다 많다는 증거다. 분수대 앞에 앉아 혼란스런 정신을 정리한다. 아니다, 흥분된 기분을 눌러야 구경할 수 있을 듯해서이다. 아름답다. 아니, 예쁘다. 지나가는 여자들은 하나같이 모델 같다. 내가 심사위원은 아닌데 나를 의식하며 워킹하는 듯하다. 유난히 멋진 여자가 뒷모습을 보여주며 지나간다. 금발에 하얀 피부의 영화배우 같은 여자다. 그녀가 내 앞에 수건을 떨어뜨리지 않았더라도 쫓아갔을 것이다.

“여보세요. 여기 수건 떨어졌습니다.”

"탱큐!"

여자의 계획된 의도처럼 보였지만 착각했구나 생각한다. 천사처럼 아름다운 여자가 수건을 받고 사라진다. 잠시 앉았다가 발레타를 구경하기 위해 들어선다. 암소 세 마리가 마중한다. 탱탱한 젖 모양을 보면 암소가 분명하다. 살아 있는 생물이 아니라 조각상인 것이 아쉬울 따름이다. 암소의 유방을 진지하게 바라본다. 실물처럼 조각한 예술가의 솜씨에 감탄하는데 누군가가 말을 건다.

"안녕하세요. 조금 전에 수건 주워 주셨던 분이군요. 여기에서 무엇 하세요?"

"아! 또 뵙네요. 반갑습니다."

"인연인가 봅니다. 저는 이 나라에 사는데 관광 오셨나봅니다. 어느 나라에서 오셨어요?"

"한국에서 왔습니다. 이곳 몰타는 처음입니다."

"혼자 여행 다시는 것 보면 용기가 대단하세요."

"네! 그저."

"아까는 고마웠습니다. 괜찮다면 제가 조금 안내해드릴까요?"

"저야 좋지만 괜찮겠어요?"

"물론입니다. 저를 따라오세요. 전망 좋은 곳으로 안내해 드릴게요."

처음 본 여자를 따라간다. 낯선 여자를 따라가서 잘못되더라고 후회하지 않을 것이라고 스스로에게 말한다. 실수해도 좋을 것이다. 죽기밖에 더 하겠냐며 따라간다. 너무 예쁘다. 서양 여자들에게 호기심은 있지만 몰타 여자는 특히 예쁘다. 이렇게 예쁜 여자가 안내해 준다는데 거절할 남자는 세상에 없을 것이다. 꽃들이 만발한 정원으로 인도한다. 천국의 문에 들어선 모양이다.

"여기가 어퍼 바라카 가든입니다."

"와! 꽃들이 어쩌면 이렇게 잘 가꾸어 놓았을까요? 너무 좋아요."

"다행입니다. 아래쪽 해안가가 워터 포인트라고 배들이 정박하는 항구입니다. 반대편 도시가 구 도시로 쓰리 시티즈라고 합니다. 지중해를 품은 발레타가 어떻습니까?"

"몰타는 최고입니다. 흥분되고 설렘입니다. 소년이 소풍 온 기분입니다."

그녀는 이곳저곳을 안내한 후에 의자에 앉는다.

"영어를 잘하시네요. 땀을 많이 흘렸는데 샤워하시고 가시겠습니까? 더 이상 안내할 시간이 없습니다. 저도 곧 가야하거든요."

"몰타라는 나라가 영어가 공용어라고 하기에 찾은 나라입니다. 몰타 사람들은 영어를 공용어로 사용해서 좋겠네요. 오늘

고마웠습니다. 어디에서 샤워할 수 있는지 따라가겠습니다."

"저는 고조 섬에서 사는데 배를 타고 고조 섬에서 어제 왔습니다. 몰타는 고조 섬, 코미노 섬, 몰타 섬 이렇게 세 개의 섬으로 이루어진 나라입니다. 제가 오후 4시까지 이용할 수 있는 숙소가 있는데 그곳에서 샤워하고 가시면 됩니다."

그녀가 리퍼브릭 스트리트를 지나서 작은 호텔로 들어선다. 엘리베이터를 타고 5층에서 내려서 복도를 걷는다. 이상한 기분이다. 거절할까 생각하다가도 이왕 발을 디딘 것 끝까지 가보자고 따라간다. 무엇이 잘못되어 가는 것이라도 먼저 헤어지자고 말하고 싶지 않다. 악마의 유혹이라도 유혹당하고 싶다. 방문을 열고 그녀가 들어간다. 먼저 샤워하라고 그녀가 말한다. 그녀가 커튼을 닫는다. 어두운 방안을 은은한 실내등으로 바꾸고 있다. 어색한 분위기를 감추려고 옷을 입은 채로 욕실에 들어선다. 화장대 위에 옷을 벗어놓고 샤워를 하고 나오니 여자가 미소 머금은 얼굴로 맞이한다.

이번에는 여자가 욕실로 들어선다. 샤워소리가 흥분의 도가니로 몰아간다. 잠시 후 그녀는 긴 목욕타월로 몸을 가린 채 나온다. 그리고 침대로 직행한다. 침대 속에서 목욕타월을 던지면서 들어오라고 손짓한다. 나중은 모른다. 다음은 모르겠다고 중얼거리며 얇은 이불을 걷고 그녀 옆으로 눕는다.

태풍이 인다. 침대가 흔들거린다. 비가 오는지 몸이 젖는다.

얼마의 소용돌이 후에 고요한 시간이 흐른다. 태풍이 사라진 모양이다. 눈을 감고 잠든다. 그녀가 살며시 일어난다. 돈이나 여권을 훔쳐가지 않을까 신경을 쓰면서 잠든척하고 있다. 목욕타월로 나신의 몸을 감싸고 욕실로 들어간다. 까치발걸음으로 사뿐사뿐 내가 깨지 않도록 걷는다. 나비보다 더 조용히 날아간다. 잠시 후 나오더니 내가 잠들었는지 확인한다. 그녀가 옷을 입는다. 그리고 까치발걸음으로 바닥에 닿지 않도록 소리 없이 문을 열고 밖으로 나간다. 실눈을 뜨고 그녀의 행동을 본다. 괜한 오해를 했구나 하면서 일어난다. 그녀가 호텔을 나간 것을 확인한다. 창문을 통해 호텔 입구를 본다. 그녀가 도로를 건너 택시를 타고 사라지는 것을 커튼 사이로 바라본다. 몰타의 환영식은 이런 것일까? 첫날의 꿈일까? 달콤한 시간은 나를 위한 줄 알았는데 서비스 받은 것은 어느 쪽이었을까 갸우뚱해본다. 더 이상 머뭇거릴 필요가 없다. 간단히 샤워를 하고 호텔을 나선다. 발레타의 어퍼 바라카 가든으로 다시 돌아와 의자에 앉는다. 그녀와 함께 앉았던 자리인데 낯설다. 여우에게 홀렸어도 이렇게 기분 좋다면 다시 흔들리고 싶다. 꽃들이 화려하다. 꽃향기가 코끝을 간지럽게 한다. 그녀는 무엇 하는 여자일까? 짜릿한 행복을 선사하는 천사일까? 꼬집어 보아도 현실이고 기억이 생생한 시간들이다. 해가 진다. 지중해가 물든다. 발레타가 붉게 채색된다. 항구에 정박한 배들이 불을

켜기 시작한다. 수백 년 된 건물들도 조명을 밝히기 시작한다. 오래된 건물처럼 나도 벤치에 동상처럼 앉아있다.

하루가 지나갔다. 늦은 아침을 먹고 호텔을 나선다. 버스를 타고 고조 섬으로 향한다. 어제의 추억 때문일까? 나도 모르게 발걸음이 가고 있다. 치케와 선착장에서 고조 섬으로 가는 배를 탄다. 배는 코미노 섬의 블루라군을 거쳐서 간다. 수많은 해안 동굴을 들락거리며 구경을 시켜준다. 파도가 칠 때마다 사람들의 탄성이 울린다. 이리저리 쏠려도 기분이 좋다. 파랑 물감이 옷에 튄다. 바닷물이 원색의 쪽빛이다. 어디에서 흔들리며 왔는지 젊은 여자가 나를 덮친다. 배가 다시 흔들린다. 아니다, 동굴에서 나올 때는 더욱 요란하게 흔들린다. 여자가 미안하다며 되돌아간다. 언제 왔는지 그 여자가 나를 다시 덮친다. 배 난간을 억세게 잡아도 넘어진다. 사람들의 환호성이 하늘을 찌를 듯하다. 그 여자가 다시 내 품속으로 쓰러진다. 한번 두 번도 아니고 세 번이나 나를 향하여 넘어져도 기분이 좋은 것은 웬일일까? 파도가 더 거세게 쳐서 그녀가 계속 반복적으로 내 품에 안기기를 바라며 동굴 속의 비경 관람보다 그녀의 흔들림에 초점이 맞추어진다. 의도적은 아닐 것이라고 생각하는데 그녀가 다시 내 무릎 쪽으로 넘어진다. 두 손을 잡고 일으켜준다. 흠뻑 젖은 옷이 속살을 살짝 보여주고 있다. 배는 동굴탐험을 끝내고 잔잔한 바다로 나선다. 배낭에서 타월을 꺼내어 건네준다. 해수욕을 하려고 준비한 것들이다. 배가 고조 섬에 도착한다.

"어디로 가실 거예요?"

그녀가 먼저 묻는다.

"빅토리아를 거쳐 마샬폰베이로 갈 예정입니다."

"잘되었네요. 저도 그럴 계획이었습니다. 함께 다녀도 될까요?"

미녀와 함께라면 지옥이라도 좋을 것이다. 침을 꼴깍 삼키면서 빅토리아로 향한다. 거대한 옛 성터에 오른다. 고조 섬에 이렇게 아름다운 곳이 있었는지 놀라웠다. 물론 아름다운 여자와 함께 있어서 고조 섬의 빅토리아가 더 멋지다고 생각하는지는 모른다. 높은 계단을 오를 때는 손을 잡아준다. 오랜 세월 동안 사귄 연인처럼 다정하다. 빅토리아 성 정상에 올랐다. 환상적인 풍경이다. 고조 섬이 한눈에 모두 보인다. 시원한 바람이 분다. 그녀의 긴 금발 머리가 바람에 날리는 모습이 영화의 한 장면 같다. 천사처럼 예쁜 여자는 아닌 것이 다행이다. 나와 어울리는 사람인 것 같아서 좋다. 몰타는 참 편하다. 옷차림에 신경 쓸 이유가 없다. 나의 학력과 재산을 공개하지 않아도 된다. 나의 장점을 보여주지 않아도 된다. 빅토리아를 구경하고 주간티아 신전으로 향한다. 산자락을 걷는 30분 동안 이런 저런 이야기를 나눈다.

꽃들이 지천으로 피어 있는 오솔길로 오른다. 몰타는 멋진 곳이다. 고조 섬은 더 멋진 곳이다. 동굴탐험을 했던 코미노 섬은 더 멋있었으니 도대체 몰타의 매력은 어디까지일까? 아름다운 여자와 함께 있어서 더 흥분된다.

빅토리아와 주간티나 신전을 구경하고 마샬폰베이로 왔다. 10유로를 주고 파라솔과 텐트를 빌렸다. 유명 해수욕장이라 그런지 사람들이 아주 많다. 끝자락 한적한 곳에 텐트를 친다. 근처에 사람들이 접근하지 않을 곳을 찾았다. 수영복으로 갈아입고 바닷물에 뛰어든다. 에메랄드 빛 바닷물이 맞는지 확인해 본다. 어쩌면 누군가가 일부러 파랑 물감을 흘려보내고 있는지 의심스러워서이다. 언제 왔는지 그녀가 수영복을 입고 물장난을 하고 있다. 그녀의 어디를 보아야 할지 눈을 고정할 곳이 없다. 옷 속에 저렇게 아름다운 모습을 감추고 있었다는 것이 이해가 되지 않는다. 그녀가 움직일 때마다 육감적인 몸매가 파도처럼 출렁인다. 파라솔로 돌아온다.

"맥주 한잔 하시겠습니까?"

"네! 좋아요."

그녀의 대답이 떨어지기 무섭게 시원한 맥주 두 병을 사가지고 왔다. 술 한 모금이 목을 타고 들어간다. 세상의 중심에서 가장 행복한 순간이다. 그녀의 눈빛에 흥분이 된다. 그를 품고 싶다. 키스를 하고 싶다. 자신을 통제할 수 있는 연애는 나쁜 연애다. 웃고 이야기한다. 기분 좋은 시간을 보낼 권리를 잊지 말자고 다짐한다. 잘하면 텐트 속에서 첫날밤을 보낼 수 있다는 생각을 한다. 내가 원하는 것이 무엇인지 스스로에게 자꾸 물어본다. 즐기라는 음성이 들린다. 괜찮다. 몰타니까, 라고 위로한다. 죄책감 없이 즐기자고 입술을 문다. 몰타는 이래도 되는 곳이잖아, 라고 스스로에게 주입하고 일어선다. 여자가 아주 매력적은 아니지만 나만 행복하다면 상관없지 않은가. 누군가가 물으면 이렇게 대답할 것이다

'이 여자에게 끌린 것은 분위기 때문이었다.'

나를 본능적이라고 말해도 좋다. 여자도 원초적이지 않다고 말할 수 없을 것이다. 두 마리 짐승이라면 어떠한가. 먹이를 찾는데 혈안이 된 마사이마라의 동물이면 어떠한가. 이성을 잃어도 좋다. 그녀가 다가오도록 모든 것은 준비되어 있다. 모든 것은 내가 준비해 놓은 함정일지라도 그녀가 다가온 것이라고 믿도록 하자. 게임을 즐기자. 흥분한 관광객이 즐비한 곳이 몰타이다. 어제도 그렇게 하지 않았든가. 추억으로 색다른 밤을 원한다면 그렇게 할 수 있다. 그녀가 섹시한 모습을 보여주었다는 것은 준비되어 있다는 신호다. 사랑을 만나고 싶다는 증거다. 거리를 둘 필요가 없다. 나와 영원히 즐기고 싶은

것은 아닐지도 모른다. 나도 즐기고 싶다. 내일은 다른 여자일지도 모르지만 현재는 현재에 만족하고 싶다. 공략해 볼까 눈을 감는다. 이성을 잃고 정신없이 놀아보자. 끓어오르는 용광로에 불은 지폈다. 손길을 욕망한대로 움직이자. 당장 잠자리를 원했다면 용기를 내자. 내일은 내일의 태양이 뜬다. 후회하지 않을 자신이 있다면 돌진하면 되는 것이다.

우아함을 잃지 말아야 하는 것 아니냐고 잔소리 한다. 악마가 속삭인다. 정해진 규칙은 없는데 조언은 듣기 싫다. 원하는 대로 하라는 말이 더 친근감 있다. 심장이 뛴다. 그녀는 동의하고 있음을 느낀다. 오늘의 추억이 때 묻지 않도록 하자. 나는 지금 욕정이 아니라 진지한 관계로 가고 싶은 욕구가 가득하다. 이러나저러나 답은 하나다. 그녀의 엉덩이를 움직이다가 실수한 척 하면서 손으로 만진다. 모른 체 하는 그녀의 행동을 보면서 그녀의 욕망을 읽을 수 있다. 좋은 신호다. 오늘이 그녀와 마지막이 될 수 있다 해도 오늘 이 순간을 감사하자. 다시 만나지 못한다 해도 신경 쓰지 말자.

내가 텐트 속으로 들어와 눕는다. 그녀는 파라솔 밑에 앉아 있다. 눈을 감고 엉뚱한 상상을 한다. 저렇게 예쁜 여자와 입맞춤을 하면 꿀맛일 것이라는 상상을 하고 있는데 내 입술이 뜨겁다. 그녀가 내 입을 그녀의 입으로 덮고 있다.

넘치는 욕망으로 그녀의 허리를 당겨 안는다. 물먹은 튜브

보다 더 물렁하다. 그녀의 행동에 항복한다. 전투가 시작된다. 작은 텐트가 흔들린다. 주위에 우리 텐트만 있는 것이 다행이다. 파도소리가 텐트 속의 소리를 흡수한다. 되는 행위는 모두 해 본다. 그녀의 섹시함에 감탄을 한다. 오늘 이 순간이 영원한 사랑을 맹세하며 마음 깊이 믿는 것은 아니지만 최선을 다한다. 사랑을 가볍게 여겨서는 안 될 일이기에 배려해주는 것이다. 그녀가 달려들도록 하였고 결정은 내가 했다. 그래서 더 자신감이 있다 더욱 유혹적이 된 순간이다. 미친 사람처럼 현재는 집착하지만 오늘이 지나면 악역을 자처할지도 모른다. 그녀에게서 모래 향기가 난다. 바다의 짠 물기는 이미 사라졌다.

"오래 함께 하고 싶어요."

내가 먼저 말을 건넨다. 한동안 그녀는 말을 하지 않는다. 무엇인가 기다림의 미학을 즐기는 사람처럼 행동한다.

"내일, 저는 프랑스로 떠나요."

그녀가 자기 나라로 돌아간다고 말한다. 파리로 찾아가겠다고 말하지는 않았다. 만나러 가겠다고 하여도 관계가 진행될 것 같지 않다. 이루어질 수 없는 사랑은 절대 지속되지 않는다.

"아쉽네요. 이제 불꽃이 점화되었는데요."

"네! 저도 마찬가지입니다. 오늘 밤이라도 함께 지내고 싶지만 내일 새벽 2시 비행기라서 오늘 밤 11시까지는 공항에 가야 합니다. 영화 같은 장면이었어요. 잊을 수 없을 것입니다."

그녀는 영화 같은 장면이라고 말하면서 영화 같은 연출을 하고 싶어 한다. 텐트에서 나와서 파라솔 아래 매트에 앉는다. 파랑 바다가 유난히 더 파랑이다. 하늘을 닮은 바다가 더 아름다워 보인다. 세상의 중심에 내가 있고 천국을 시험해보는 것 같다. 그녀가 사랑해요, 라고 말하면서 키스를 하려 한다. 누가 보건 말건 상관없다. 이곳은 몰타니까. 해변에 누워서 진한 입맞춤을 한다. 이별하기 전에 이렇게 키스하던 영화의 장면을 재생해보는 것처럼 연기하듯 한다.

짧은 사랑이다. 긴 사랑보다 신중할 이유가 없다. 규칙을 따질 필요도 없다. 영리하게 굴면 된다. 멋진 추억만 만들면 된다. 뜨거운 지중해의 열기보다 더 뜨거운 시간을 보내면 그만이다. 그녀가 파리로 돌아가서 환한 얼굴로 걷도록 해주면 나의 임무는 다한 것이다. 물론 나 역시 빛나는 기억을 머금고 서울의 거리를 활보하게 될 것이다.

석양이 진다. 시간이여 멈추라고 소리쳐도 해는 저물고 있다. 돌아오는 길에 세상에서 가장 아름답다는 블루라군이 있는 코미노 섬을 다시 들러서 잠시 구경한다. 몰타 최고의 관광지라서 그런지 관광객들이 많아도 너무 많다. 블루라군에 있는 수천 명의 사람들이 대부분 쌍쌍이다. 연인들일까 우리처럼 하루살이 사랑꾼들일까? 다시 바라보며 상상해 본다. 발레타로 돌아왔다. 그녀가 안녕이라는 짧은 말과 함께 지금까지 하던 영어가 아닌 불란서 말로 무어라 말하고는 공항에 늦을지 모른다며 택시타고 사라진다. 진한 사랑, 짧은 이별. 그녀의 이름이 무엇이었더라? 서로 통성명도 하지 않았던 모양이다.

호텔에서 혼자 잠을 잔다는 것이 어색하다. 매일 혼자 잠을 자면서 익숙하지 않은 것은 발칙한 상상 때문일 것이다.

아침 겸 점심을 먹고 발레타로 간다. 오늘따라 인연이 만들어지지 않는다. 엘모 요새를 구경한다. 멋진 풍경을 감탄해야 하는데 싱겁다. 혼자 어슬렁거리는 내 모습이 스스로에게도 감동적이지 않은 모습이다. 하스팅 가든까지 걸어온다. 석양을 보려고 하스팅 가든 성벽에 오르는 사람들이 많다. 높은 성벽을 혼자의 힘으로 오르기가 힘들다. 두 명의 여인들이 노력하다가 포기하는 것을 본다. 기사도 정신을 발휘할 때임을 직감한다. 한 여자는 평범하지 못할 정도로 못생겼다. 다른 여자는 예쁘지만 차갑게 보인다.

그냥 지나쳐도 되는데 어쩐지 자석에 끌리듯 두 명의 여인에게 다가가 정의의 사도처럼 말한다.

"제가 잡아 드릴 것이니 올라가고 싶다면 그렇게 하실래요?"

미녀 한 명은 무관심한 표정이지만 추녀인 한 명은 활짝 웃으며 오케이 한다.

돌담에 손을 잡고 한 명씩 성벽에 올려준다.

다행이다. 첫인상에 매력을 느껴서 사랑에 빠져들지 않는다는 것은 희망이 있다는 증거다. 상대에게 홀린 상태가 아니라는 것은 좋은 신호다. 속을 안다면 사랑에 빠져들 수 있는 기회가 있다는 것 아닌가. 특히 생각만 해도 감흥이 없는 여자는 외로운 여자일 수가 있다. 흠잡을 데가 없는 여자는 관계를 유지하기 힘들다. 여기까지 와서 힘든 노력을 기울이고 싶지는 않다. 완벽한 여자는 고급 레스토랑 같지만 입장하기 거북스럽다. 애써 만들어 보아도 관계가 구속으로 느껴질 수 있다. 행복을 위해 떠나라는 계시가 오는 듯하다.

"제가 잡아 드릴 테니 올라오실래요? 저희들의 수호자님이 함께 있으면 더 행복할 듯합니다."

못생긴 여자가 손을 내민다. 두 사람은 이미 성벽에 올라 있고 나는 밑에 서 있으면서 이곳을 떠날 생각하고 있을 때이다. 얼떨결에 그녀의 손을 잡고 성벽에 오른다.

"고맙습니다."

"어느 나라에서 오셨어요. 핸섬님."

"한국에서 관광 왔습니다. 두 분은 어떻게 오셨어요?"

"저희들은 이곳에서 만났어요. 각자 혼자 왔다가 친구 되었어요. 독일에서 왔고요. 몰타 최고지요?"

“아! 그러세요. 저도 혼자 왔습니다.”

“그럼, 함께 친구해요.”

추녀가 악수를 청한다. 정열적이다. 시간이 갈수록 추녀의 얼굴이 개성 넘치는 얼굴로 보이면서 정이 가기 시작한다.

그녀들 옆에 나란히 앉아 석양을 감상한다. 멋지다. 발레타의 야경이 황홀하다. 친절한 말씨가 고정관념을 무너뜨린다. 못생긴 여자가 아니라 귀여운 여자로 보인다. 상대적으로 조각같이 예쁜 여자는 말 한마디 없다. 아무리 예뻐도 미래에 좋은 일들이 일어나지 않을 것 같다. 추녀지만 뛰어난 화술이 끌린다. 객관적으로 못생겼지 누군가의 주관적으로 못생긴 것은 아닐 수도 있을 것이다. 잘생기지 못한 내 얼굴을 한 명의 여자는 냉정하게 굴지 않는가? 추녀는 동질감을 느끼며 더 가깝게 하고 싶어 했는지도 모른다. 중요한 것은 자신감이다. 용기다. 로맨틱한 사랑을 찾다가 빈손으로 세월 보내는 사람이 한두 명인가? 지금 현재가 중요하다. 이곳은 몰타이다. 상대가 관광객이면 더 좋지 않은가? 그녀의 친절한 말씨가 나의 감각을 깨우고 있지 않은가? 그래도 너무 쉽게 무너지는 꼴을 보여서는 안 된다. 조금은 냉정한 이성을 견지해야 한다. 꿩보다 닭이라고 했던가, 들켜도 좋은 몰타이다. 나는 남자고 그는 여자다. 할까 말까 고민할 필요가 없다. 현재를 즐기면 끝이다. 화려한 식당은 맛있고 아름답지만 실속이 없다. 외면은 거칠지만 내면이 멋있는 추녀가 자꾸 끌려가는 것을 몸이 느끼고 있다. 생각이 꼬리를 물고 이어진다.

지금은 이불 속이 아니다. 모든 것은 무방비 상태로 놓아버릴 순간이 아니다. 이불 밖에서는 자제하고 생각을 많이 해봐야한다. 상대가 어떻게 나오느냐에 따라 전략도 짜야한다. 아니다, 지금은 아무렇게 그냥 되는대로 말하고 행동해도 된다. 지속되려면 제멋대로여야 한다. 이것저것 잰다면 되는 일이 없다. 사랑이 아름답기를 바랄 필요는 없다. 그녀의 모든 것을 지배하려 들 필요도 없다. 지금 순간들만을 즐기면 된다.

"멋쟁이 아가씨! 발레타의 하스팅 가든 성벽 위는 참 아름답지요? 저는 두 명의 천사와 함께 있으니 저도 천국에 있는 느낌입니다."

"제가 예쁘다는 그런 말씀을 들은 것이 십년도 더 되었네요. 감사합니다."

추녀가 흥분한 어조로 말한다. 석양 때문인지 백옥 같은 하얀 얼굴이 붉다. 한동안 추녀와 단둘이 있는 것처럼 대화를 한다. 해가 완전히 넘어갔다. 성벽에서 내려와 하스팅 가든을 걷는다. 그 순간 또 한 여자가 있다는 것에 움칫한다. 미녀가 오랜만에 말을 건넨다.

"죄송합니다. 약속이 있는 것을 잊고 있었네요. 먼저 가겠습니다. 로라! 먼저 갈게, 천천히 와."

미녀가 사라진다. 추녀는 오케이라고 선뜻 대답하고 손을 흔들어 준다. 이제 단둘이 남았다. 왜? 함께 떠나지 않았을까? 어색한 분위기를 바꾸려고 내가 말을 건넨다.

"저를 즐겁게 하신 감사 인사로 아이스크림 사드릴게요. 괜찮지요?"

"좋지요. 그렇지 않아도 이곳의 젤라또 아이스크림이 맛있다는데 그 소원을 이루게 되었네요."

추녀가 점점 예뻐 보인다. 리 액션이 훌륭하다. 대화법이 상대를 기분 좋게 만든다. 개성이 뚜렷한 여자다. 점점 더 매력이 넘쳐 보인다.

젤라또 아이스크림을 먹으면서 대화는 계속된다. 몰타라는 나라는 이탈리아 남쪽에 있는 나라이다. 그래서인지 이탈리아에서 만들었다는 얼어 있는 아이스크림이 흔한 모양이다. 그녀의 재미난 이야기를 듣고 있지만 속으로는 다른 생각을 한다. 이곳을 나가면 무엇을 할까? 침대로 가자고 하면 따귀를 맞을까? 속으로 원하고 있으니 용기를 내라고 눈빛으로 말할까? 거절하면 실수라고 말할까? 농담을 잘한다고 응답받을까? 이곳은 몰타다. 실수가 용납되는 나라다. 부끄러워하지 말자.

"멋쟁이 신사님이 사주셔서 더 맛있었어요. 저는 무엇으로 보답하지요?"

나는 아무 말 없이 들어주면서 걷는다. 나 혼자만의 대화가

두뇌 속에 엉켜있다. 서로에게 한 가지만 원하고 있을지도 모른다. 괜히 지성인 척하지 말자. 잘못 말해서 상대를 잃을 수도 있지만 밑져야 본전 아닌가? 상처받을 일은 없을 것이다. 시간이 없다. 시계추는 돌아간다.

"저! 안아보고 싶어요."

"네! 그렇게 하세요."

"저는 동양 사람입니다. 사람들이 있는 곳에서는 못합니다."

"네! 그렇게 하세요."

그녀가 기다렸다는 듯이 말하여서 내가 더 이상한 사람이 되어버렸다. 그가 원치 않는다면 내가 거절하리라 마음먹었는데 이제 밤이 둘의 세상이 되었다. 그가 가정이 있는 여자라면 어떠한가? 불륜을 저지를 마음은 없다. 이 순간만을 즐기고 끝내면 된다. 도덕주의자나 신부님처럼 굴 필요는 없다. 고된 일이 아니다. 자연스럽게 호텔방으로 들어왔다. 그녀는 추녀가 아니었다. 매력덩어리 작은 악마였다. 인생은 멋지다. 멋진 몸매로 위장하려고 입었던 옷이 포장이 아니었음을 알게 되었다. 꿈속을 헤맨다. 천국의 시간을 즐긴다. 겉만 보고 사람을 판단하는 것이 얼마나 어리석은 일인지 알 것 같다. 못생긴 조개 속에 아름다운 진주가 숨어 있음을 누가 알았겠는가. 결혼해도 충분히 행복할 여자로 보인다.

하지만 이제 추녀가 아닌, 매력덩어리 여자가 먼 후일까지 나와 함께 하기를 요구하는 것은 내 역할은 아니다. 나는 그녀를 기다리지 않을 것이다. 그녀는 그것을 알고 스스로 결정할 것이다. 아무리 황홀한 시간이었다 해도 앞으로는 잠자리만 함께 하는 일은 없어야 할 것이다. 나는 그의 정부가 아니다. 오직 추억이어야 한다. 그의 삶에 행운이었다고 기억되기를 바랄 뿐이다. 나처럼.

몰타에서 매일 꿈같은 생활이다. 잘못 행동하는 것 아닌가 고민하다가도 금방 잊는다.

'괜찮다, 몰타니까'

먹이를 찾아 떠나는 하이에나처럼 호텔을 나선다. 어제 밤에는 늦게 숙소에 돌아와서 늦잠을 잤다. 오늘은 몰타 남서쪽에 위치한 딩글리 언덕으로 하이킹 갈 예정이다. 몰타 일주일 여행계획으로 왔는데 이제 이틀 남았다. 알차게 보내야 한다고 생각하며 숙소를 나선다. 딩글리 언덕은 발레타에서 버스로 30분 거리다. 버스 안내방송을 듣고 딩글리 크리프라는 곳에서 내렸는데 해안 절벽이다. 조금 걸었지만 절벽을 때리는 파도뿐 별것이 없다. 이곳이 아닐 것이라며 해안 따라 걷는다. 환상적인 풍경이 나올 것이라는 기대는 절망으로 다가온다. 10분 더 걷다가 잘못되었다는 생각으로 그늘에 앉아있는 사람들에게 묻는다.

"딩글리 언덕이 어디입니까?"

"이곳에서 30분 걸어가면 됩니다. 저희들도 그곳으로 가려고 버스 기다리고 있습니다."

잘못 하차한 것을 그때서 알았다. 그네들과 잠시 기다리다가 함께 버스에 탑승한다. 버스 옆자리에 앉은 여자는 미국의 원주민처럼 생겼다.

"저는 코리아에서 왔습니다. 어느 나라에서 왔습니까?"

"코스타리카에서 왔습니다."

시작은 정형된 수식처럼 시작된다. 다행인지 중미의 코스타리카를 두 번이나 가보았기에 여러 지역을 이야기 할 수 있다. 화산이 분출하는 지역에서 위험했던 기억과 이구아나가 토끼만큼 큰 것이 많다는 동물 이야기 등을 말하면서 누가 더 코스타리카에 대하여 잘 아는지 게임하듯 말하고 있다. 그녀는 원주민과 스페인계의 3세쯤 되나보다. 이색적인 외모가 고혹적이다.

"아레날 화산에 갔을 때 화산이 폭발하고 있었습니다. 붉은 용암이 흐르는 것을 먼발치에서 바라보며 느꼈던 추억은 지금까지도 감동의 여운이 남아있습니다."

"어머! 행운이시네요. 저는 두 번이나 가보았지만 안개와 비구름 때문에 접근할 수 없었습니다."

"열대우림을 산책할 때의 흥분은 가히 최고였습니다. 살아

있는 나무로 되어 있는 롱 다리를 건널 때 진짜인지 몇 번 물었던 기억이 있습니다. 폭포의 장관은 일품이었고 나비공원에서는 나비를 많이도 보았습니다."

"아! 그러세요. 세계에서 가장 나비가 많이 산다고 하지요. 저는 수도인 산호세에 살고 있습니다. 코스타리카를 저보다 더 많이 아시네요. 그럼 타바꼰 온천도 가보셨겠네요?"

"당연하지요. 계곡에서 흘러내리는 뜨거운 물이 모두 온천물이라는데 놀랐지요. 아름다운 나라에 사시는 것을 축하합니다."

자기 나라에 대하여 낯선 외국인이 자세히 말하는 것을 싫어할 사람은 없을 것이다. 그것도 예쁜 여자가 말한다면 더욱 그럴 것이다. 버스가 도착했다. 그녀는 영어연수 왔다고 한다. 영어 연수생들끼리 하루 관광 왔는데 만나서 반갑다고 말한다. 어쩐지 나보다 더 영어를 잘 못하는 듯하여 몰타사람이 아니라는 것은 쉽게 알 수 있었다. 코스타리카는 에스파냐어가 국어라고 한다. 스페인 식민지였기 때문에 에스파냐어가 국어가 되었다고 말한다. 영어를 배우기 위해 가까운 미국으로 갈 수 있지만 연수 비용이 비싸다고 한다. 몰타는 영어를 배우기 최적의 장소라고 말한다. 수업료가 싸고 물가도 싸서 현재 자기 학원에 있는 연수생들이 유럽 사람들이나 미주 사람들이 많다고 한다. 미국의 절반가격이면 영어연수 할 수 있다고 말한다. 어쩐지 단체 관광객처럼 보였던 사람들의 얼굴이 각양각색이었다. 10대 후반에서 50대 후반까지 연령도 달라보였다.

"저는 필리핀에서 영어연수를 받았습니다."

"그래서 영어를 잘하시는군요. 그곳에서 3개월 연수 비용은 얼마나 듭니까?"

"모든 것 포함 5,000달러 듭니다."

"필리핀도 싸군요. 저는 숙식 포함 연수 비용이 3개월에 5,000유로 듭니다. 이곳이 좋은 이유가 항상 외국인과 접촉할 수 있고 특히 치안이 안전한 것이 마음에 듭니다. 또한 물가도 싸지만 구경할 곳이 많고 환경이 좋은 점이 장점이라 생각합니다."

이야기를 나누다보니 필리핀 3개월 영어연수 비용과 몰타 3개월 영어 연수 비용이 비슷하다. 자기는 이제 영어연수 끝나고 다음 주에 코스타리카로 돌아간다면서 남은 날들은 관광을 할 것이라고 말한다.

"저는 이틀 후에 몰타를 떠납니다. 한국에 오시면 안내해드리겠습니다."

"영광입니다. 꿈을 꾸어보겠습니다."

버스에서 내려서 산책을 한다. 수십 명이 함께 걷고 있다고 생각했는데 그녀와 단둘이 걷고 있다. 저만치 앞서가는 사람들을 열심히 따라갈 필요는 없다.

"여기서 잠시 앉았다 갈까요?"

"이곳이 참 아름답네요. 파란 바다와 파란 하늘의 경계선이 어딘지 구별하기 힘들어요."

혼자 볼 때와 함께 볼 때의 풍경이 이렇게 다를까 스스로도 놀란다. 딩글리 언덕에 앉았다. 어느 곳이 더 좋은 장소인지는 따지지 않아도 된다. 현재 이곳이 최고의 장소다. 아름다운 여자와 함께 있으니 세상 모든 것이 아름다워 보인다. 하얀 돌담들이 늘어선 농장이 한눈에 들어온다. 돌담 위로 선인장 꽃들이 만발했다. 이국적인 여자와 이국적인 풍경 속에서 연인처럼 앉아있으니 마음이 들뜨기 시작한다.

"몰타에서 어디가 좋았습니까?"

"저는 영어 연수 중이라 많이 가본 곳은 없습니다. 블루그라토가 인상적이었습니다. 보트를 타고 해안 절벽 사이에 있는 수많은 동굴들을 볼 때에 환상적이었습니다. 동굴을 드나들 때마다 물고기들이 환영해주어서 더 즐거웠습니다."

"아! 그렇군요. 내일은 그곳에 가봐야겠습니다. 저는 마샤슬록이 좋았습니다. 바다에서 바라본 육지가 황홀했습니다. 세인트피터스풀은 그림엽서처럼 아름다웠고요."

"저도 내일은 마샤슬록에 가서 보트를 타봐야겠네요."

그녀와 대화의 초점이 맞고 있다. 여행은 항상 설레게 한다.

이러한 사람과 만난다면 더더욱 여행은 진국이 된다.

"저는 세인트 줄리안에 있는 인터콘티넨탈 몰타에 숙소를 정하고 있습니다. 연수학원이 어디 있습니까?"

"학원은 슬리에마에 있습니다. 제 숙소는 학원 바로 앞에 있는 아파트입니다.저의 학원은 세인트줄리안과 가까이 있습니다. 학원에서 인터콘티넨탈까지 걸어서10분도 안 걸립니다."

"만약 시간 되시면 놀러오세요. 맛있는 커피 대접해 드릴 수 있습니다. 특히 저희 호텔 루프 탑에 있는 수영장은 일품입니다. 인피니티 풀인데 몰타가 한눈에 모두 보입니다. 수영장에서 수영하면서 세상을 굽어보는 것도 나쁘지 않지요. 오신다면 수영장에 안내해드리겠습니다. 아마 오신다면 세상에서 가장 멋진 추억을 만들어 드릴 자신이 있습니다. 그리고 최고의 선물을 드리겠습니다. 준비하고 기다리겠습니다."

"와! 진짜요? 저녁에 시간되면 루프 탑으로 찾아갈지도 모르겠습니다."

이야기꽃을 피우다보니 해가 지고 있다. 몰타에서 석양이 가장 아름답게 볼 수 있다는 곳이다. 언제부터 연인처럼 친했는지 의심할 정도로 가까워지고 있다. 웃음꽃이 지중해에 넘실댄다.

다른 걱정은 하지 않는다. 이 연애가 연애라 하여, 영화처럼 멋지지 않다고 투정할 필요는 없다. 영화가 아니기에 가능한 것이다. 각자 에너지를 충전한다고 생각하자. 이런 연애는 시작단계가 비슷하다. 물론 제자리로 돌아가는 과정도 비슷하다. 어느 순간에 혼자 방안에서 텔레비전을 보면서 맥주를 홀짝거릴지 모른다. 열정이 식어간다는 이야기가 아니다. 하나의 과정인 것이다. 달콤한 자유를 그래서 더 누려야 한다. 사랑을 가늠하려 들 필요도 없다. 행복한 시간이면 충분하다. 행복은 측량단위가 아니잖은가? 지중해 석양이 나에게 최면을 걸고 있다. 침대에서 행복한 순간이 범벅되지 않아도 좋다. 침대에서 이 여자와 뒹굴기를 원하는 것은 별개의 문제다. 현재를 지루하게 보내지 않으면 된다. 사랑에는 패자가 없다. 진도가 너무 빨라도 문제지만 느리면 놓친다.

"보면 볼수록 더 아름다워요."

"그렇지요. 석양이 참 아름다워요."

그녀에게 아름답다고 칭찬하였는데 자연스럽게 받아넘긴다. 익숙하지 않은 분위기를 탈피하고 싶어서 말하는지도 모른다. 만난 시간이 얼마 되었다고 사랑에 현기증을 느낄 것인가. 석양을 등지고 키스하고 싶은 것을 참고 있다. 마음이 날아오르고 있다. 실감이 나지 않지만 달콤하고 행복하다. 잘될 것이라고 독백한다.

사랑은 성당에 입장하듯 순수하지는 않다. 유혹을 멈출 필요는 없다. 여자를 한 번에 품지 못하더라도 게임은 계속되어야 한다.

"제가 바보가 된 것을 보면 누군가를 사랑하고 있나 봅니다."

"무엇을 해도 즐겁고 흐름에 맡기고 싶거나 아직 경험해보지 않았던 것을 둘이 함께 하고 싶다면 사랑이 시작된 것입니다."

여자도 마음이 흔들리고 있음을 간파한다. 서두를 필요가 없어졌다. 이 여자가 호텔 루프 탑에서 수영을 하게 만들기만 하면 된다. 버스가 온다. 다음 버스를 타도 되지만 돌아가고 싶다. 아름다운 석양이 멋이 없어진 것은 결코 아니지만 더 멋진 상상의 세계로 나가고 싶다. 버스에 탄다. 그녀는 함께 온 연수생들과 다음 버스를 타고 가겠다고 말한다.

"기다릴게요. 인피니티 풀에서요."

그녀가 꼭 올 것을 믿는 사람처럼 소리치고 버스에 올라탄다.

호텔에 돌아와 이것저것 준비한다. 면도를 하고 거울을 수없이 본다. 기다림이 이렇게 힘든 일인지 몰랐다. 두 시간이 몇 년 지난 듯하다. 호텔에 도착한지 두 시간 지나서 그녀가 19층 옥상에 왔다. 와인 한 병과 치즈와 과일을 주문한다. 호텔 인터콘티넨탈 몰타의 루프 탑 벤치에 그녀와 둘이 앉아있다는 것이 실감이 나지 않는다. 그녀가 겉옷을 훌렁 벗더니 수영장에 들어간다. 수영 실력을 뽐내 보이려는지 한 바퀴 돌더니 환호성을 지르고 나온다. 수영복을 겉옷 속에 입고 왔다는 것이 이상하지 않다. 준비성이 완벽한 여자로 보인다. 성격이 급한 사람이 아니라도 이곳은 풍덩하고 뛰어 들어가고 싶은 충동을 참는 것이 더 힘들다. 그만큼 멋지고 아름답다. 물에 들어갔다 나온 그녀를 대형 타월로 감싸준다. 쨍하고 건배한 후 와인을 마신다. 여기가 호텔인가 천국인가 혼돈이다. 안주로 치즈와 과일을 먹는다.

"행복은 몸을 살찌게 하겠네요."

그녀가 웃음 가득한 모습으로 말을 건넨다. 육감적인 몸매가 타월을 움직일 때마다 보인다. 누가 누구를 유혹하고 있는 것일까? 너무 멋진 연애를 하는 것 같아 연애가 끝날까봐 겁이 난다. 이런 연애가 끝나면 세상이 텅 빌 것 같다. 세상이 우중충해지는 것이 싫다. 지금은 그런 것을 상상할 필요가 없다. 즐거워하면 된다. 섹스는 반복을 두려워하지 않듯, 사랑도 마찬가지일 것이다.

호텔방으로 들어와서 커피를 끓인다. 두 잔을 만들어서 테라스로 나간다. 그녀와 나란히 앉아 지중해를 바라보며 커피를 마신다. 호텔 테라스에서 바라보는 지중해도 멋지다. 며칠 동안 밤마다 바라본 지중해가 새롭게 보인다. 굳이 대화할 필요가 없게 만든다. 기분이 좋다. 그녀도 뜨거워지고 있음을 알게 한다.

"오늘 종강 파티가 있어요. 늦게라도 참석해야 해요. 밤새워 파티 하겠지요. 늦어도 두 시간 후에는 가야겠어요."

서둘러 달라는 주문으로 들린다.

막 시작한 아름다운 연애의 순수함을 지키려 하지 않고 있다. 키스하고 싶다고 말하지 않아도 알 수 있다. 두 사람 만의 놀이를 기다리고 있는 것이다. 비밀스런 밀어도 필요 없게 되었다. 이제 서로를 이해하는데 눈빛 한번이면 알 수 있다. 미소의 뜻이 무엇인지도 알 수 있다. 은밀한 욕망을 고백할 필요가 없어졌다. 이 여자가 마지막 연인이었으면 좋겠다는 생각을 한다. 누구에게도 억지로 관계를 유지해야 할 의무가 없어진 세상이다. 사랑하다가 싫으면 헤어지면 그만이다. 이제 이성을 잃고 잘 모르는 오늘 처음 만난 여자와 침대 속으로 뛰어들어가야 한다. 도덕주의자는 철지난 유행이다. 우리는 부부가 아니다. 누군가가 주도권을 쥐게 할 이유도 없다. 끌어안고 싶은 욕망에 몸을 맡기자.

헝클어진 그녀의 머릿결이 섹시해 보인다. 망설일 필요가 없다. 전희를 하고 로맨틱해질 시간은 충분하다. 관능적인 여행으로 초대되어 즐겨야 한다.

"저쪽으로 이동하여 새로운 세계를 여행하시지요."

뜨거움이 타오르고 있다. 서로에게 미친 듯이 달려들고 있다. 서로 합의하에 이루어진 난잡함이다. 금기를 깨고 있다. 마음 가는대로 행동하고 있다. 열정적인 밤이다.

"행복해요, 죽을 만큼 행복해요."

그녀의 목소리를 끝으로 천장을 바라본다. 그녀가 샤워를 하러 욕실로 들어갔다가 금방 나온다. 무슨 의미일까? 방긋 미소 지으며 호텔방을 나간다. 나에게 묻고 내가 대답한다.

"괜찮다, 몰타니까."

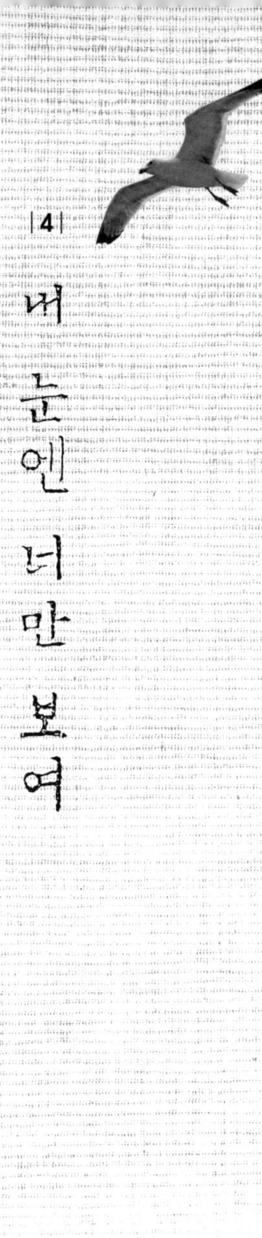

4

# 내 눈엔 너만 보여

# 내 눈엔 너만 보여

"아니? 은하가 맞다. 분명 은하야. 은하~ 은하~……"

하얀 수건을 쓰고 걸어가는 여자의 모습을 보면서 소리친다.

얼굴은 조금밖에 보이지 않지만 알 수 있다. 몸동작을 보기만 해도 알 수 있다. 그녀의 목소리나 숨소리만 들어도 알 수 있다. 분명 10년 동안 만나지 못했던 여자다. 그토록 그리워하며 미워하고 애태웠던 여자가 내 앞을 지나가고 있다.

여자가 잠깐 멈춘다. 그리고 못들은 척 빠른 걸음으로 걸어가고 있다. 아니, 뛰어가고 있다.

"은하! 나야, 나!"

내 목소리를 분명 들었을 것인데 연기하듯 총총걸음으로 사라지고 있다. 하얀 수건으로 얼굴을 반쯤 가린 여자 쪽으로 나는 용수철처럼 뛰어나간다.

여자는 건물 안으로 들어가면서 문을 잠근다.

나는 문을 두드리며 다시 소리친다.

"은하! 수산나! 나야, 나! 내가 왔단 말이야."

당기고 밀어도 열리지 않는 문을 더 세게 힘을 가하려는데 누군가 내 목덜미를 더 세게 당기는 사람이 있다. 휘청거리다가 나는 넘어진다.

"제 말씀을 벌써 잊으셨나요? 이곳의 규칙을 어기시면 퇴소됩니다. 당장 현장으로 돌아가세요."

보호소 선생이 나를 꾸짖고 있다.

"저 사람은 제가 사랑하는 여자 은하입니다. 왜 이곳에 있는지는 모르겠으나 만나야 합니다."

"안됩니다. 소장님의 허락을 받으셔도 안 됩니다. 소장님의 허락이 있어도 상대편의 허락이 없으면 누구도 면회가 되지 않습니다. 이곳의 규칙입니다."

"꼭 만나야 합니다. 10년 동안 찾았던 사람입니다. 이곳에서 찾았는데 모른 척하라니 말도 안 됩니다. 부탁입니다. 만나게 해주십시오."

"무슨 뜻인지는 알겠습니다만 제가 조금 전의 상황을 보고 판단해 보면 설혹 두 분이 아는 사이라 해도 여자 분이 만나는 것을 꺼리는 느낌이었습니다. 여자 분을 위한다면 이대로 모른 척 해주십시오."

"말도 안 됩니다. 무슨 사연인지 모르지만 저는 만나야겠습니다."

보호소 선생이라는 사람은 돌부처 같은 표정으로 말을 이어간다.

"여기의 규칙을 어기시겠다면 강제로 퇴소 조치할 수밖에 없습니다. 스스로 나가시겠습니까? 이곳의 규칙을 따르시고 봉사활동을 계속하시겠습니까? 둘 중 하나만 선택할 수 있음을 이해해주시면 감사하겠습니다."

이것이 무슨 잡소리란 말인가? 여기가 대한민국이 맞는가? 민주사회, 정의 사회라는 국가에서 상상을 초월하는 행동이 가능하단 말인가?

"어떻게 하면 면회가 가능할까요? 제발 단 한번만이라도 방법 좀 알려주세요."

나의 외침은 허공에 퍼질 뿐이다.

"일단 오늘의 일과는 마쳐야 합니다. 제가 말씀은 전해보겠습니다. 내일 뵙겠습니다."

점호를 마치듯 보호소 선생은 일갈하고 보호소로 돌아갔다.

우리 일행은 섬을 떠나서 육지에 있는 고흥 숙소로 돌아갔다가 내일 다시 소록도로 돌아올 것이다. 예전에는 외딴섬이었지만 지금은 육지까지 다리가 놓여 있어서 자동차로 왕래할 수 있다고 한다.

우리가 올 때는 고흥 숙소에 짐을 내려놓고 남해바다를 구경할 겸하여 배로 왔지만 지금부터는 차로 이동한다고 한다. 버스를 타고 육지에 있는 숙소로 돌아간다. 고흥군 녹동 항구 터미널 바로 앞에 숙소가 있다. 차가 출발한다. 10분정도면 녹동항구에 도착할 것이다. 나는 차타고 얼마 가지 않아서 배가 아파 화장실 갔다가 걸어가겠다고 거짓말하고 차에서 내린다. 혹시 모를 보호소 선생의 시선을 피해 산위로 오른다. 저녁노을이 붉은 잇몸으로 물들고 있다.

어디에서인가 호루라기 소리가 들린다. 혹시 나를 발견한 것이 아닌가 싶어 낮게 엎드린다. 한센병 환자들이 사는 마을로 들어가서 소리치며 찾고 싶다. 만약 은하가 아니어도 확인해보고 싶다. 해보지 않고 후회하는 것보다는 해보고 후회하고 싶다. 은하가 분명하다는 확신이 든다. 내 목소리를 듣고 움칫하며 잠시 멈추었지 않은가. 반쯤 가린 얼굴의 윤곽이 은하임에 분명하였다. 내가 부르니 더 빨리 도망가지 않았던가. 그렇다면 10년 전에 이별 통보는 한센병임을 알고 떠난 것이었단 말인가. 나를 위해 헤어짐을 택한 사랑의 방법이었구나. 은하도 나처럼 얼마나 그리워했을까. 아냐, 나보다야 훨씬 더 그리워했을 것이다. 보고 싶고 만나고 싶지만 어쩔 수 없었으리라. 이제라도 소원을 풀어야 한다. 어떤 난관이 있어도 영원히 사랑하기로 맹세하지 않았든가.

산 아래로 마을이 보인다. 달려가야 한다. 보호소 선생들한테 제지당하더라도 가야한다. 교회봉사자들과 목사님에게는 죄를 짓는 것이지만 해야 한다. 가장 중요한 것은 본인이 면회를 거절한다면 어떤 방법도 없다는데 어찌할 것인가.

아냐, 어떤 고난이 닥쳐도 시도하지 않는다면 무슨 소용 있으랴.

저녁이고 안개가 끼어 있다는 것은 나에게 기회를 선물한 것이리라. 그녀가 들어갔던 마을의 건물로 내려가야 한다.

안개덕분에 사람들에게 들킬 일도 없을 것 같다. 조심조심 바닷가로 내려간다. 갯바위 낭떠러지도 있어서 조심조심 발을 내디디며 걷는다. 몸에서 식은땀이 난다. 내가 지금 떨어져 죽는 것보다는 은하를 만나지도 못하고 죽는다는 것이 더 억울함이다. 조심하는데도 자꾸 넘어진다. 긴장해서인가. 땀이 비오듯 한다. 그래도 오늘 당장 은하를 확인해야 한다. 무서운 마음도 애써 눌러본다. 마을 근처까지 왔는데 전혀 알 수 없는 세상에 와있는 느낌이다. 방향을 완전히 잃어버린 듯하다. 몇 명의 사람들이 오고 있다. 지도소 사람처럼 보인다. 그들은 이곳을 보호한다는 명분하에 감시까지 하고 있다. 들키면 모든 것이 끝난다. 바위 뒤에 몸을 숨긴다. 지도소 사람들이 마을을 한 바퀴 돌더니 사라진다. 마을 입구에 서 있다. 이제 어떻게 해야 할까 고민 중인데 누군가 내 어깨를 잡는다. 얼마나 놀랐는지 기절할 뻔했다. 분명 사라졌다고 생각한 지도소 사람 두 명이 내 뒤에 서 있다. 취조하듯 강한 어조로 말을 한다.

"누구십니까? 여기서 무엇을 하고 있는 것입니까?"

"살려주십시오. 저 건물 안에 제가 사랑하는 여자가 있습니다. 만나야 합니다. 네? 꼭."

잠시 상황을 설명한 후 은하를 만나게 해달라고 두 손을 빌면서 애원한다. 무표정의 지도소 사람들이 나를 붙잡고 데려간 곳은 소장실이다. 소장님을 만난 것은 행운일 것이라고 이를 악문다. 여러 가지 질문이 쏟아진다. 내가 오늘 교회나무봉사자 일원 중 한 명인 것을 확인하고 다정하게 대우하기 시작한다. 그렇지만 은하를 만나게 한다는 약속은 노력해 보겠다는 말뿐이다. 이곳에 온 사람들은 가족이 데려왔다든가 가족이 이웃마을에 사는 사람을 제외하고는 면회를 받아들인 적이 없다고 한다. 소장이 면회를 허락해도 환자 본인이 외부인 면회를 허락한 적이 단 한 번도 없다고 말하면서 힘들 것이라고 한다. 은하에 대하여 컴퓨터 검색을 하고는 난색을 표명하지만 그렇다고 쉽게 포기할 내가 아니다. 애써 약속 아닌 약속을 받아내고 자리를 뜬다.

소장실을 나와서 억지로 차에 태워져서 고흥 녹동항구까지 왔다.

숙소에 돌아와서 숙소 옥상에 올랐다. 멀리 소록도가 보인다. 소장과의 대화가 맴돈다.

"김 은하는 없습니다."

"그럼 가명을 쓸지 모르는데 김 수산나는 없는지 확인해주십시오. 나이 33세이고 서울이 고향이며 10년 전에 왔을 것입니다."

소장은 컴퓨터를 보다가 서류를 꺼내며 확인하더니 다시 말을 잇는다.

"김 수산나가 은하라는 여자 분과 이력이 같다는 것도 확인은 해줄 수 없습니다. 또한 본인이 거절하면 어떤 경우도 면회나 확인을 해줄 수 없다는 조건이 있습니다. 특히 중요한 것은 개인 신상에 대하여는 절대로 비밀을 지켜주는 것이 저의 의무입니다. 양해바랍니다"

"멀리서라도 제가 자세히 보면 확인 가능합니다. 제발 부탁입니다."

소장의 말과 태도를 보면 은하가 맞다. 소장이 알고 있음을 느꼈다. 김은하가 바로 김 수산나로 이곳에서 불려진다는 것도 알고 있으면서 애써 돌려 말하는 태도를 쉽게 간파할 수 있었다. 내가 말한 여자가 은하임을 알고는 놀라는 표정을 나에게 들키지 않으려고 애쓰는 모습을 읽을 수 있었지 않은가. 소장의 음성이 가늘게 떨리면서 거짓말하는 것도 느낄 수 있었지 않은가.

은하보다는 수산나 라는 호명이 좋을 거라며 내가 지어준 그녀만의 이름이었던 것이다.

달이 밝다. 수산나도 나처럼 저 달을 바라보며 그리워하고 있을 것이다.

이곳에 온 이유는 단 하나였다.

섬에 나무를 심어주는 봉사활동을 하기 위함이었다. 헌금을 모아서 제법 큰 나무를 100그루 가져왔다. 2일간 나무를 식재하고 돌아가는 일에 자발적 참여를 한 것이다. 이곳은 바람이 많이 부는 척박한 섬 지역이어서 작은 나무들은 심어도 쉽게 죽는다고 한다. 큰 나무들을 심고 지줏대로 받쳐 주면 활착이 잘 된다고 한다. 물론 물을 주는 일은 이곳 보호소 사람들이 할 수 있다고 한다. 손과 발을 사용해서 큰 나무들을 옮기는 작업은 거의 불가능에 속하기 때문에 우리처럼 건강한 사람들의 도움이 절실히 필요한 모양이다. 손발이 오그라들고 뭉툭해져서 무거운 것을 움직이는 데는 불가능하다고 했기 때문이다. 숲과 나무들이 울창한 곳에서 살 수 있다면 좋을 것이다. 새소리 들으면서 바람이 나무 사이로 지나가며 음악을 연주하는 소리도 듣기 좋을 것이다. 교회에서 이곳에 봉사활동을 나가기로 정했는데 지원할 사람을 모집한다하여 신청해서 온 것이다.

처음에는 약간 두려웠다. 이곳 소록도에는 한센병 환자들의 보호소가 있다. 규칙을 지키면 전염되지 않는다고 하지만 걱정하면서도 호기심이 외면하는 것을 억눌렀다. 교회에서 소록도 보호소 선생이 보낸 메일을 탐독하면서 오늘 이곳에 오기까지 설렘의 연속이었던 것도 사실이다.

규칙 1. 보호소의 사람들과 허락 없이 개인접촉은 절대 금지한다.

규칙 2. 보호소의 어떤 물건도 허락 없이 만지거나 움직여서는 안 된다.

또한 한센병에 대하여도 미리 알아두라고 한 내용을 탐독했다.

1. 한센병(나병)은 나병 균에 감염되어 발생함. 성적인 접촉이나 임신을 통해서도 감염되지 않는다. 나병 균이 피부 특히 상처를 통하여 침범하여 조직을 변형시키게 된다. 상처가 있는 피부를 통해 나병 균이 침투하는 것으로 추측하고 있으므로 몸에 상처가 난 부위가 있을 경우에 접촉은 회피해야 한다.

2. 병적인 증상은 손발 등의 일정부분의 감각이 소실되고 위치감각과 진동감각도 없어진다. 손가락과 발가락에 감각이 소실된 상태에서 지속적으로 외상을 입고 이로 인해 2차 감염이 발생하면 손가락과 발가락의 말단 부위가…….

3. 법정전염병으로 되어 있지만 현대의학의 발달로 소록도

에 500명의 환자들은 거의 완치단계에 있으며 향후 5년 이내에는 대한민국에서 한센병은 완전히 사라지고 잊혀질 병으로 될 것이다.

숙소에서 밖으로 나와 소록도와 연결된 소록대교를 건너 소록도를 향해 걷는다. 녹동 항구에서 소록도 섬까지 다리위로 10분 만에 걸어갈 수 있다. 소록도 입구에서 소록도 항구 쪽으로 간다. 머지않은 곳에 항구가 보인다.

이곳 소록도에는 항구가 두 개 있다. 일반인들이 드나드는 빨간등대가 있는 항구와 한센병 환자들이 보호소로 옮겨오는 파란 등대가 있는 항구가 별도로 있다. 내가 들어왔던 항구에 배들이 들락거린다. 파란 등대에서 나가는 배는 보이지 않는다. 누가 그랬던가, 파란 등대가 있는 항구에서 배는 나갈 수 있어도 사람은 나갈 수 없다고 했던가.

지금은 섬이 아니다. 소록대교가 개통되어 차를 타고 오갈 수 있다. 고깃배들만이 들락거리는 명맥만 항구로 변해 있다.

시야가 흐려진다. 안개가 몰려오는 것일까?

10년이 흘렀다.

은하와 나는 사랑 말고는 아무것도 할 줄 아는 것이 없는 사람처럼 사랑을 했었다. 결혼까지 약속한 사이였는데 결혼 두 달 전에 갑자기 은하가 사라졌다. 그리고 지금까지 딱 10년이 흘렀다.

그리워했다. 미워도 했다. 오해는 기본이었다. 매일 습관처럼 술을 마셨다. 내 눈물이 반인 술잔을 매일 마셔댔다.

10년 전.

이유는 묻지 말고 헤어지자고 갑자기 혼자 선포하고 그녀는 떠났다. 사랑한다면 놓아 달랬던가. 서로 행복을 빌자는 3류 고백 같은 말이 농담인줄 알았는데 현실이 되었다.

"오빠! 내 몸에 하나씩 반점이 생기기 시작했어, 벌레에 물려서 그런 줄 알았는데 온몸으로 번지기 시작했어. 긁어도 아프지 않아. 피가 흘러도 아프지 않아. 내일 큰 병원에 가서 검사받기로 했어. 상처가 생겨 피가 나와도 아프지 않는 것이 이상해."

그로부터 며칠 후 병원 검사에서 이상 없다며 피부 트러블인데 다 나았다고 말하면서 해외여행 삼 일 다녀와서 만나자고 말하고는 갑자기 이별 폭탄을 선물하고 돌아갔다. 그녀는 잘 쓰지도 않는 색안경을 쓰고 나왔다. 어딘가 어색하였지만 해외여행 후유증정도로 생각했었다. 이별선언! 그렇게 알 수 없는 궁금증이 미움과 그리움으로 범벅이 되다가 세월 가고 날이 가서 어언 10년이 흐른 것이다.

손과 발이 뭉그러져서 피가 철철 흘러도 통증을 느끼지 못하는 병이 한센병이라고 한다. 은하가 말했었다. 자기는 피가 나오는 상처가 생겨도 아프지 않다고.

그때 그녀가 한센병 초기라는 것을 나만 몰랐을까. 나의 무지가 오해와 고통의 나날을 만들었다는 생각에 온몸이 떨린다.

습관적으로 가지고 다니는 수첩을 꺼내본다. 10년 전부터 기록된 감정이 그대로 녹아 있는 수첩이다. 불빛에 비추며 읽어본다.

00일

비바람을 맞지 않고 자라는 나무는 없다. 수많은 상처를 받으며 자라듯 나도 더 크기 위해 거센 비바람을 맞고 있는 것인가. 아파할수록 옹이가 생기고 더욱 단단해진다. 매번 상처를 받는 것은 아니다. 매번 폭풍이 몰려오는 것도 아니다. 아름다운 꽃을 피우기 위한 과정일 것이다. 더 위대한 사랑을 위해 나를 시험하는 것이리라. 미워하지 말자. 용서하고 사랑하자. 더 사랑하자.

00일

밀물이 들어오면 복잡한 짐은 밀려나간다. 자취는 없어진다. 앞으로 새겨질 발자국만 생각하자. 좋은 날이 올 것이다. 모두 해결될 것이다. 짐을 내려놓고 열심히 살다보면 분명 짱

하고 행복은 나타날 것이다.

00일

안이하고 평탄한 길만이 삶이라고 생각하지 말자. 고난에 직면할수록 노력할 줄 알아야 한다. 그녀를 얻기 전에 나를 다스리는 시간이라고 생각하자. 겸허하자, 소박하자, 열린 마음을 갖자. 슬픔에 짓눌려 몸부림친다고 해결된다면 매일 그렇게 하리라. 어찌해도 하루는 간다. 내 인생 헛되이 살지 않았다고 말할 수 있게 살자. 언젠가 그녀를 만나서 무엇인가 보여줄 수 있는 하루하루를 살자

00일

사랑의 씨앗을 마음 밭에 뿌리면 사랑이라는 귀한 열매를 거둘 것이다. 욕망이 아닌 순수한 사랑을 얻기 위해 살자. 용서하자. 미워하는 마음으로는 만족의 표정을 얼굴에서 볼 수 없다. 마음이 가벼워야 자유롭다. 나의 인생길이 나 스스로도 자랑스럽지 않다면 그녀도 나를 자랑스럽게 생각하지 않을 것이다. 언젠가 동행의 손길을 내밀 때 사랑했으므로 행복했노라고 말할 수 있어야 한다.

00일

나는 욕심이 지나친 모양이다. 오늘은 기쁨으로 살겠다고 말하고는 고독하고 외롭다며 눈시울 붉혔다. 은하가 보고 싶다. 지금까지 일어난 일들을 이야기해주고 싶다. 사랑을 위해 모든 것을 버리고 살고 싶다. 사랑이라면 가난해도 좋을 것이다.

00일

우리의 사랑은 가까운데 멀리 돌아가고 있는 것은 아닐까? 늦게 깨닫고 후회하고 아쉬워하고 있다. 겪을 것은 겪어야 하는 것일까? 멀리 돌아야 많이 보고 살찌는 것일까? 많이 생각하고 많이 고민해야 많이 아는 것일까? 우리의 사랑이 먼 길을 돌아야 하는 것이라면 참고 또 참으리라.

00일

어느 순간에 우리의 사랑이 가장 소중함을 알았다. 내 인생의 가장 큰 의미는 사랑하는 사랑을 위해 사는 것이 내 삶의 이유가 되었다. 그녀가 없다면 내 인생은 무슨 의미가 있을까? 지금은 밉기도 하고 괴롭지만 내 인생의 진정한 의미가 있을 것이다. 아! 더 사랑해야지 하면서도 나는 안타까움에 가슴을 졸이며 오늘도 눈물이 반인 술잔을 기울인다.

00일

행복하라고 그녀는 말하고 떠났다. 나를 시험하고 있다고 생각하자. 나는 괜찮다고 말하고 싶다. 네가 밝혀준 가슴의 촛불 하나면 충분하다고 말하고 싶다. 아무리 큰 파도가 밀려와도 괜찮다고 말하고 싶다. 영원히 당신을 사랑하면서 당신이 돌아오리라는 것을 믿는다고 말하고 싶다. 당신에 대한 의심과 미움을 이기리라고 믿는다. 밝고 좋은 날을 기다린다. 나는 믿는다. 당신이 돌아올 날을.

00일

오늘은 좋은 일이 생겼다. 일주일 만에 5백만 원을 벌었다. 코스닥 주식을 없는 셈치고 천만 원 투자했는데 무슨 까닭인지 폭등하여 천오백 만원을 찾게 되었다. 당신이 갖고 싶어 했던 반지를 사주고 싶다. 구리반지라도 좋다고 했지만 다이아 반지를 만들어주고 싶다. 나누어 줄 수 없는 지금의 상황이 기쁨을 슬프게 만들고 있다. 사랑하는 사람이 옆에 없다면 그렇게 허무한 일인 줄 정말 몰랐다.

00일

상처 없는 사람은 없을 것이다. 힘들지 않은 사람도 없을 것이다. 나 혼자만 고통 받고 있다고 생각하지 말자. 삶이란 내가 견뎌낼 만큼 짐을 지고 살게 할 것이다. 사랑의 괴롬을 견디다보면 활짝 피우는 날은 분명 올 것이다. 안개가 걷히면 파란 하늘이 보이듯.

00일

인연도 공을 들이면 필연이 된다고 한다. 끝까지 그리운 사람으로 남아야 한다면 무엇인가? 그 사람을 알고 사랑을 나누어 그 사랑의 진실까지 안다고 생각되었는데 내 인연이 아니었을까? 내 곁에 머무는 사람이 없다. 외롭다. 그녀가 아니면 아무도 채울 수가 없을 것이다. 잊히지 않는 소중한 인연으로 남기고 싶고 보고 싶어서 오늘밤도 술잔을 기울여야 할 것 같다.

00일

삶이 힘들다. 누군가는 힘든 기회조차 없다고 한다. 나는 이승에서 살아 있다. 불면증이 심해졌다. 누군가는 몸이 아파서 한시도 자지 못하는 사람도 있을 것이다. 사고로 영영 이별을 하는 사람도 있을 것이다. 나는 희망이 있다. 살아있다는 것은 꿈을 꿀 수 있다는 것이다. 감사하는 마음으로 행복한 하루를 마무리해야겠는데 언제쯤이면 흔들리지 않는 수양을 끝낼 수 있을 것인가?

00일

오늘처럼 우울한 날에는 하늘에 기대고 싶다. 사랑하면 꽃에 기댄다고 하는데 이별한 나는 무엇에 기대어야하나. 나를 울게 하고 웃게 한 그녀는 여기에 없다. 기대어 살고 싶은 인연이 없어지는 상상에 허망한 생각만 든다.

00일

걱정이 태산 같으면 한번 소리쳐 웃으면 그만이라는데 나는 소인인가? 이제 그녀를 내려놓으라고 친구들은 말하지만 죽는 날까지 그녀를 어찌 잊으랴.

00일

그리움을 참기 힘들면 파란 하늘 보고 웃으며 날려 보내라고 한다. 세상사 마음먹기에 달렸다고 한다. 힘들고 힘들겠지만 그냥 그러려니 하고 웃으며 살라한다. 왜? 나는 그녀를 잊을 수 없는 것일까?

00일

불처럼 뜨거운 가슴으로 만났다. 내 생애 가장 각별한 사람이었다. 미워하다가도 내 머릿속에 남아 있는 행복했던 시간을 떠올리면 피식 웃는다. 이별을 통보받았지만 그녀와 내가 했던 사랑은 나의 정답이다. 진짜 사랑을 알게 해준 그녀를 포기할 수 없다.

미안해, 고마웠어, 라는 흔한 그녀의 말을 한번만 더 듣고 싶다. 비록 지금은 나를 힘들게 하고 아프게 하지만 나는 그녀를 놓을 수가 좋다. 사랑하니까.

00일

그녀를 잊고 싶어 정리할까 생각해 보았다. 물건들은 치울 수 있어도 내 머릿속에 있는 그의 잔영은 어떻게 정리할 수 있을까? 카톡에 있는 그의 사진을 매일 수십 번 보면서 지우지 않는다. 웃는 모습이 정말 예쁘다. 한번 지우면 절대로 안 된다고 더 강렬한 메시지로 말한다.

00일

둘이 여행 갔을 때 찍은 사진이 수첩에 있다. 몇 년째 연락도 없다. 정말 헤어진 모양이다. 사진을 꺼내어 찢었다. 내 가슴도 찢겨나갔다. 아픈 마음으로 땅에 떨어진 사진 조각을 모아본다. 바람에 휙 하고 몇 조각이 날아간다. 바닥에 주저앉았다. 눈물이 터져 나왔다. 너의 목소리가 들렸다. 너의 웃음소리가 들렸다. 남은 사진을 더 찢으면 죽을 것 같다. 내가 아직은 아니라고 가슴이 말한다.

00일

숨겨놓은 사진을 꺼내본다. 이렇게 그리워할 것을 예상했었나보다. 헤어지자고 했을 때 그때의 감정으로 모두 정리했어야 했었나보다. 이렇게 먹먹해진 가슴을 쥐어뜯으며 우는 일은 없었을 것이다. 보고 싶다, 보고 싶다, 백번은 말하고 있다. 그리움과 미련은 켜켜이 쌓여가기만 하는 것일까?

이제 사진을 그만보자.

00일

아무리 모진 말을 해도 참으려했다. 이별만은 안 된다고 꼭 잡았어야 했다. 헤어지자고 일방적으로 폭탄선언하고 그녀가 떠난 후에 정신 차릴 수 있었으니 난 참 바보다. 그녀는 내가 꼭 잡아주기를 바랐을 것이다. 그녀의 집 앞에서 기다릴 줄 알았을 것이다. 다음날 찾았을 때는 모든 상황이 종료된 후였다. 그녀는 외국 유학 갔다고……. 그곳에서 동행자와 결혼도 할 것이라고, 친한 친구가 찾으면 보여주라고 쓴 편지만 보게 되었다. 믿지 말았어야 했다. 바보, 바보.

00일

지금이라도 나타난다면 함께할 준비가 되어있다. 사랑에 관한 모든 것들을 은하를 위해 해줄 것이다. 오랜 세월이 흘러도 내 사랑은 결코 변치 않을 것이다. 텅 빈 옆자리를 바라본다. 은하를 보고픈 생각이 머릿속을 휘젓고 다닌다. 은하는 내 가슴 속에 그리움으로 간직되어 나올 줄을 모른다.

00일

다시 한 번 그날의 사랑이 올까? 짝사랑이어도 좋다. 내 사랑은 끝나지 않을 것이다. 그리움에 허우적대는 날이 계속되어도 견딜 것이다. 언젠가의 희망으로 외로움을 견딜 것이다. 은하가 아닌 다른 여자와는 죽을 때까지 결혼하지 않을 것이다.

00일

아무 이유 없이 사랑한다고 말하고 싶다. 나의 사랑을 확인시켜주고 싶다. 잊을 수도 없고 다시 만날 수도 없다니, 우리가 어떻게 해서 이렇게 되었을까?

00일

아무리 넘어져도 일어나 버티는 것이 사랑이리라. 기다릴 것이다. 너는 꼭 내게 돌아올 것을 믿어야 한다. 서운해도 기다려야 한다. 내가 할 수 있는 것은 이것뿐이다.

00일

흔들린다. 시간이 흔들린다. 아니다, 내가 흔들린다. 네게는 내가 없어도 내 미래에는 네가 있다.

00일

헤어졌지만 다시 이어보려고 안간힘을 쓴다. 정말 사랑했다면 내게 이별통보를 했을까? 넌 나를 진정으로 사랑하지 않았는지도 모른다. 사랑하면서 그럴 수는 없다. 그래도 좋다. 서운함이 있어도 고통이 목까지 차올라도 너를 행복하게 해주고 싶다. 나 자신을 잃어도 너를 사랑하고 싶다. 어디 있는 것이냐.

00일

사랑이 힘들 때는 사랑하라는 말대로 사랑하고 있는데 연애는 혼자 하는 것이 아닌가보다. 너를 덜 사랑했더라면 조금은 덜 억울할 텐데, 나는 참 바보다.

너의 사랑이 가짜였다 해도 내 사랑은 진짜였다. 인정하고 싶지 않다. 손 쓸 수 없지만 받아들일 수 없다. 이제 나도 살고 싶다. 다른 행복을 찾고 싶다. 그래도 너를 놓고 싶지 않은 것은 어쩌지? 내가 너를 지울 수 없으니까.

00일

우리에게 이별이 올 거라고 생각해 본 적이 없는데 어디서부터 잘못된 것일까?

사귈 때보다 더 많이 너를 생각한다. 시도 때도 없이 카톡을 열어본다. 많이 그립다. 다시 돌아와 달라고 매일 기도하는데 너는 지금 정말 괜찮아?

00일

얼마나 사랑했으면 떠나버린 당신을 미워하지 못할까?

하루도 울지 않는 날이 없다. 당신이 다른 사람과 결혼했다는 소식을 듣지 못했다. 나는 당신이 아니면 안 될 것 같다. 기다릴 것이다. 어떠한 일도 다 용서하고 받아줄 것이다. 헤어지고 나서 당신이 나의 전부요 행복이었다는 것을 알았다.

00일

언제라도 좋으니 돌아와 다오. 언젠가 널 다시 만날 수 있다는 생각뿐이다. 바보 같은 걸까? 그래도 기다릴 것이다. 네가 없는 시간이 너무 길고 슬프다. 내일이면 연락이 오겠지, 뚫어질 것 같은 핸드폰은 울리지 않고 혹시나 하면서 메일과 카톡을 수시로 본다.

00일

세상을 믿지 않는다. 네가 다시 돌아올 것은 믿는다. 나만을 바라보던 너의 눈빛을 추억한다. 나를 반기던 너의 입술을 기억한다. 다시 내 것이 될 것을 믿는다.

00일

아픈 것은 아니겠지. 밥은 먹고 사는지. 혼자 걱정하고 있지는 않는지. 안부를 묻고 싶은데 바람에게나 해야 하는가? 하루에도 수십 번 너를 생각하는 것을 알까? 힘들어 하고 있는 나를 알까? 눈물만 흘리다 잠이 드는 것도 알까?

한심하다 느끼겠지만 마음처럼 되지 않는데 어찌하란 말인가?

00일

평안해지려하면 다시 생각난다. 잊은 것 같은데 다시 떠오른다. 그리워도 바뀌는 것은 없다. 원망해도 잊어지지 않는다. 네 흔적이 지워지지 않는다. 사진 속의 나는 세상 가장 행복한 웃음을 짓고 있는데 이유모를 눈물이 흐르곤 한다. 아무데서나 울어버리기엔 나이를 먹었다. 오늘도 네 생각에 이러지도 저러지도 못한 체 하루를 보낸다. 밤이 깊어질수록 그리움은 깊어만 간다.

00일

헤어진 지 벌써 몇 년이 지났다. 아직도 당신 생각으로 힘들다. 자꾸 꿈에 나타나서 더 괴롭다. 희망의 등불이 점점 꺼져가는데 나는 당신을 놓지 못하고 있다. 단 하루만이라도 당신이 내 머릿속에서 사라진다면 괜찮아질까?

00일

미워하고 원망하고 있는데 당신이 보고 싶다. 그때의 당신이 그리운 것인지 보고 싶어서 그리운 것인지 오늘따라 더 보고 싶다. 신기루처럼 갑자기 당신은 사라졌다. 당신이 떠난 이유가 나인 것 같아 나 자신이 미울 때도 있다.

00일

그 많은 세월동안 그리워했던 노력이 물거품이 될까 봐 더 두렵다. 허탈감으로 죽을까 봐 겁이 난다. 당신이 돌아와야 무슨 말이라도 할 것 아닌가. 사랑은 주는 것이라는데 얼마나 더 사랑해야 끝이 나는 것일까. 당신이 불행하기를 바란 적도 있었는데 제발 행복했으면 좋겠다. 당신은 나를 포기했지만 나는 당신을 포기하지 않겠다.

00일

어떤 실수도 용서할 것이다. 당신이 잘못한 일이 있으면 꼭 껴안고 사랑한다고 말할 것이다. 네가 헤어지자고 일방적으로 폭탄 선언할 때 못들은 척 할걸.

왜? 그날 당신을 붙잡을 생각을 못했을까? 당신이 집으로 들어갔을 때 현관에서 밤을 새우지 못했을까? 이러고 있는 나는 바보인가.

00일

미처 해주지 못한 말을 하고 싶은데 언제 만날 수 있을까? 더 보고 싶고 간절해졌다. 보고 싶다는 말을 수없이 한다. 외로운 말인데도 자꾸 하게 된다. 흐르는 눈물을 씻어내도 그리움은 씻어낼 수가 없다.

00일

우리는 정말 사랑했을까? 정말 사랑했던 사이였는지 확인해 보고 싶다. 그래야 잊을 수 있을 듯하다. 정말 사랑했으니 이토록 지워지지 않는 것이겠지. 우린 정말 사랑했다고 믿는다. 그러니까 내 가슴이 아직도 이렇게 아프겠지.

00일

당신이 가장 잘 연주한다는 와이만 작곡의 은파를 너무 들어서 외울 지경이다. 지금은 핸드폰에 저장된 은파 연주곡을 수시로 듣는다. 당신은 엘리제를 위하여, 소녀의 기도, 은파, 이렇게 세 곡을 내 앞에서 연주하곤 했었지. 특히 은파를 가장 많이 들었던 것 같아. 지금은 당신이 연주하는 모습을 볼 수 없고 음악만이 심장으로 흐르는 현실이 너무 아프다. 언젠가 나를 위해 연주해 줄 날이 오겠지?

00일

오늘따라 더 그립다. 당신이 죽도록 그리운데 바람에게 안부를 물어야 하는구나. 미치도록 그립다. 당신의 빈자리가 이렇게 클 줄이야. 슬픈 현실에 부딪치며 사는 것이 싫어 눈을 감는다. 그리움의 본질은 침묵인가, 견딤인가. 오늘밤은 추억 속의 당신을 마셔야겠다.

00일

사랑이 없으니 성장이 멈춘다. 삶의 결핍은 사랑의 부재다. 맘껏 사랑하고 싶은데 허공에 대고 '사랑해'를 말한다. 떠난 후에 후회할거라면 사랑할 수 있을 때 미치도록 사랑할 것을. 사랑하게 해 달라고 무릎을 꿇고 있다.

00일

가슴에 가시를 찌르고 사랑의 노래를 부르며 죽어간다는 가시나무새. 붉은 피를 흘리며 죽어가는 내 사랑의 끝은 언제인가?

00일

날아도 끝이 보이지 않던 아름다웠던 내 청춘도 석양이 진다. 그러나 백발이 되어도 기다릴 것이다. 잔혹한 나날의 슬픔을 당신만이 닦아줄 수 있다. 당신을 앓고 있는 것도 당신만이 해결사. 세포까지 얼어버린 겨울왕국의 나, 당신만이 녹여줄 수 있다. 사랑만은 늙지 않도록 닦고 있겠다.

00일

죽는 날까지 기다림과 여행하리라. 기다림의 장례식은 결코 치루지 않으리라. 그리움을 앓는 짝 잃은 원앙새를 마다하지 않으리라. 로미오와 줄리엣처럼 이루어질 수 없는 미친 사랑이라 해도 새로운 사랑의 전설을 남기고 가리라. 당신을 기다리는 것이 살아가는 이유니까. 그림자처럼 따라다니는 이놈의 질긴 그리움이여!

00일

당신이 나를 버려도 나는 당신을 영원히 잊지 않겠다는 말, 영원히 기다릴 거라는 말, 영원히 사랑하겠다는 말들이 영원히 지켜질까 고민하기 시작된다. 그러니 빨리 돌아와 주었으면 좋겠다. 10년째다.

수첩을 넣고 하늘을 본다.

보고 있어도 보고 싶은 당신이었는데 이제는 눈을 감아도 눈을 떠도 밥을 먹어도 떠오르는 얼굴이 되었다. 난 사랑을 얻었다. 너의 입술이 사랑한다고 말하는 내 입술을 덮을 때부터였을 것이다. 이제는 변함없이 나의 모든 것을 바칠 것이다. 처음 사랑을 얻기 위해 노력했던 정성과 열정이라면 이별은 없을 것이다. 잠시 떨어져 있다 해도 변함없이 사랑한다면 꿈은 이루어질 것이다. 이제는 백번의 입맞춤보다 사랑한다는 말을 매일 백번 듣게 해주고 싶다. 나는 이 세상에서 가장 바보 같은 사랑을 한다 해도 수용할 것이다. 가장 안타까운 사랑은 한 사람만을 잊지 못하고 살아가는 사람이라는데 나는 수용할 것이다. 잊으려 수없이 노력했지만 내 가슴에 당신을 향한 그리움은 가두어버렸다. 내 영혼 안에 춤을 추다 당신을 느끼며 가슴에 멍울져 그리워하는 당신, 사랑해!

유성이 떨어진다. 밝은 빛을 남기고 사라진다. 황홀한 죽음이다.

"그래 방법이 있다. 바로 그 방법이다."

이곳 한센병 환자들에게도 가족이 있다. 가족과 면회는 일정한 시간에 일정한 장소에서 한다. 다만 가운데 철조망이 있고 100미터 정도 서로 떨어져서 소리쳐 말한다. 소식을 전하고 대화를 하는데 대부분이 이산가족 만나듯 울음의 시간이다. 혹시 전염될지도 모른다는 생각에 가족이지만 접촉을 금하고 있는 것이다. 아들딸과 부모의 관계도 있고 동생 누나도 있다. 한센병 환자들이 철망을 붙잡고 외치는 것을 보았다.

한센병에 전염되면 은하와 함께 있을 수 있을 것이다.

이곳 규칙 1조. 보호소 사람들과 신체 접촉해서는 안 된다.

2조. 어떤 물건도 만져서는 안 된다

철조망에 보호소 환자들이 매미처럼 매달려 울부짖는 것을 보았다. 하얀 면사포를 쓴 사람이 있는가하면 손에 하얀 붕대를 감고 있는 사람도 있었다. 몇 개 남지 않은 손가락을 감추기 위해서일지도 모른다. 코가 없어진 흉측한 모습을 감추려고 이슬람 여인처럼 두건을 둘러 싸매고 있는지도 모른다. 하얀 면사포를 얼굴에 칭칭 감싸고 어깨를 흔들거리는 모습을 먼발치에서 보았지 않은가. 그렇다면 철조망에 병균이 묻어있을 것이다. 한센병의 전염은 피부의 상처를 통하여 전염된다고 하지 않는가.

양팔을 걷어 올린다. 옷 속에 숨겨 있던 하얀 살이 포동포동하다. 조명 빛에 투영되어 더욱 붉고 투명하게 보인다. 핸드폰에 저장된 와이만의 은파 동영상을 틀어놓고 철조망을 양팔로 감싼다. 눈을 질끈 감고 철망을 애인처럼 포옹한다. '악' 하고 소리친다. 너무 아프다. 한센병에 걸리면 상처에 피가 줄줄 흘러도 아프지 않다는데 위안을 삼고 참는다.

철조망에 피물이 흐른다. 가시 박힌 양팔을 빼려고 하지 않는다. 흐르는 눈물 속에 '히히히' 하고 미친 사람처럼 웃기 시작한다.

함께 있고 싶다. 은하와 둘이 한곳을 바라볼 수 있는 기회를 다시 놓치고 싶지 않다. 사랑한다면 함께 웃고 함께 아픈 것이 옳다. 이제야 방황을 끝낼 수 있게 되었다. 완전한 자유가 보인다. 해방이다. 평안함이 몰려온다. 사랑의 안식이 시작되었다. 내 눈엔 너만 보여! 이것이 사랑이라.

# |5| 돈 (Money)

# 돈(Money)

미래의 나를 그려본다. 이렇게 살다가 죽기에는 너무 억울하다. 죽을 만큼 노력해보자는 결심이 선다. 거대한 사건을 지질러보자. 나쁜 짓거리도 들키지 않으면 전혀 문제없는 것 아닌가? 우리 사회에서 성공의 목표는 대체로 돈이다. 성공이 돈이다. 돈은 귀신을 부리는 정도를 넘어섰다. 돈이 神이 되어버렸다. 물신주의가 팽배한 세상에서 돈 없이는 문명도 소용없다. 돈은 전능하다. 돈이 진리요 생명이고 믿을만하다. 돈에 좌우되는 싸구려 사랑이나 우정이라도 좋다. 영혼을 타락시키는 돈이라도 절대다수들이 돈의 광풍에 휩쓸리고 있다. 욕망한다고 모두 돈을 벌 수는 없다. 그러나 해야 한다.

나는 한 명이다. 나를 나누어서 동시에 이것저것 해볼 수는 없다. 나를 열 개로 나눌 수 있다면 천년의 삶을 사는 결과일 것이다. 나를 나누어서 사용할 수 없다면 분신술로 사는 것뿐이다. 어차피 인생은 연극 아닌가? 때와 장소에 따라 여러 가지 캐릭터를 연기하는 것이 사람 아닌가? 숨어 있는 나를 찾아내게 되면 상대방은 참을 수 없는 분노를 느낄 수 있다. 통신이 발달하여 인터넷이나 메일 등으로 상대방을 모른 체 더불어 살아갈 수 있다. 가짜인 모습은 알 턱이 없다. 상대도 나도 마찬가지다. 가장 나다운 모습은 본인도 모른다. 사람을 대할 때마다 수십 개의 얼굴이 다른데 하물며 본인조차 자신의 진면목이 무엇인지 헷갈릴 것이다. 직장에서나 친구나 애인과 가족까지 어느 곳 어느 상대건 간에 본인은 같은 사람이지만 같은 사람이 아닌 것이다. 진정한 본인은 본인도 알 수 없다는 것이 맞는 말이다. 날이 갈수록 네트워크의 발달로 본인을 찾을 수 없게 되어 있다. 내 성격은 이렇다는 말도 맞지 않는다. 상황에 따라 개성이 다르게 나타나고 일관성 없는 성격에 스스로 놀라는 일이 잦아진다. 개성도 변하고 연기도 변한다. 고로 본인도 변하고 스스로도 변한 모습에 놀라지 않는다. 상대도 똑같이 연기하는 배우일 뿐이기 때문이다. 거짓된 나를 이상적이고 매력적인 나로 포장하는 방법은 얼마든지 있다. 가면을 쓰지 않아도 누구든지 가면을 쓰고 살기 때문이다. 스트레스라는 말은 가면을 제대로 쓴 사람들의 일말의 양심 때문이다. 가면을 쓰고 진정한 나를 내세우는 방법을 본인만 모르고 있는 것이다. 그때그때 상황에 따라 연기하는 자신을 본 적이 있는가? 아니라고 하지만 혼자만의 시간 속에 생각해 본 적이 있는가? 내 안에 몇 개의 인격이 동거하고 있는지 어쩌다가 놀랜 적이 있을 것이다. 괜찮다, 상대를 속이는 것이 성공했다 해도 쑥스러워할 필요는 없다. 그도 똑같이 속였을 것이니까, 어차피 성공은 기쁜 것 아닌가? 상대에 따라 자연스럽게 내가 나로 연기하는 것이 환상이라 해도 피할 수 없다면 즐겨야 하는 것 아닌가? 은둔 외톨이보다는 무대에서 당당히 연기하는 배우가 더 나을 것이다. 그 방법 중 가장 쉬운 것이 돈이다. 돈이 많으면 다들 내 연기에 박수를 보낼 것이다. 속이 뒤집히건 쓰리건 박수를 보내며 부러워할 것이다. 그래서 결정한 것이다. 돈을 벌자. 감옥 가거나 압류되지 않는 자유로운 부자가 되는 것이다. 진정한 내가 있건 없건 상관없다. 남들이 나를 인격자로 인정하면 되는 것이다. 돈을 벌고 멋지게 쓰면 되는 것이다. 단 하나의 얼굴을 가진 사람이지만 내 인격은 수십 개로 만들 수 있다. 돈이 말하면 진실은 숨을 죽이는 것이 정설이다. 얼굴만 감출 수 있다면 수만 가지 방법으로 살 수 있다. 얼굴을 감추고 사는 돈을 벌자. 지금부터 3년 내에 10억을 만들고 10년 내에 100억을 만들자. 목표가 확실하게 정해졌으니 이제 돌격 앞으로 가면 된다.

은행 문을 들어선다. 종자돈이 있어야 사업을 하건 무엇을 할 것이다. 대출창구로 다가갔다.

"저, 대출받으러 왔습니다. 작은 사업 좀 해보고 싶은데 금액은 많을수록 좋습니다."

"고객님! 담보는 무엇으로 할 것입니까?"

"네? 담보라니요?"

"집이나 땅 등 부동산을 말하는 것입니다. 설정할 것이 있습니까?"

"아! 아파트나 토지는 없습니다. 그냥 해줄 수는 없는지요?"

"고객님! 담보가 없다면 신용으로 해야 하는데 신용 점수가 얼마나 되는지 평가해보아야겠습니다. 어느 직장에 근무하십니까?"

"네? 직장요? 없는데요. 그냥 집에서 자유업인데요."

"고객님의 총 신용한도는 5백만 원입니다."

"그럼 5백 만 원 넘게는 안 되는 것인가요?"

"신용보증기금이 저희 은행 근처에 있습니다. 신용보증기금에 방문하셔서 사업자금으로 신용보증서 발급해달라고 상담해보십시오. 그것을 가지고 오시면 보증서 금액 모두를 해드리겠습니다."

"네! 감사합니다. 신용보증기금 들렀다가 다시 오겠습니다."

은행 문을 나와 신용보증기금을 찾아간다.

"은행에서 이곳을 소개해주어서 왔습니다. 저희 같은 사람에게 보증서를 끊어준다 해서요."

"네! 고객님의 사업 용도가 타당하다고 보면 그 금액까지 보증서를 발급해주는 곳이 저희들입니다."

"사업을 하고 있는 것이 아니고 사업을 하려고 합니다."

"고객님! 상관없습니다. 무슨 사업을 하시려고 합니까?"

아는 것이 없다. 순간적으로 출판사에서 근무하고 있는 친구가 생각났다.

"출판사를 해보려 합니다."

"아! 그러세요? 그러면 출판사 등록증은 있으십니까?"

"이번 주에 나올 것입니다."

"그러시면 출판사 등록증을 가지고 나오십시오. 그리고 경영계획서와 사업현황서와 향후 3년의 대차대조표와 손익계산서를 만들어 오시면 더 좋겠습니다. 여기 사업현황서와 보증서 양식을 드리겠습니다. 준비하시는 대로 언제든지 찾아주십시오."

"그런 것 다 준비되면 얼마나 해줍니까?

"금액은 다르지만 처음 창업하시는 출판사는 3천만 원에서 5천만 원까지 해줍니다. 담보나 보증인이 있으면 금액은 너 늘어날 수 있습니다."

"없습니다. 담보가 있다면 여기에 오지 않았을 것입니다. 잘 좀 부탁합니다."

직원이 무척 친절하다. 머쓱한 표정으로 되돌아 나오는 나에게 문 앞까지 나와서 90도로 허리를 굽혀 인사한다. 어떻게든 해주려는 의도보다는 어떻게든 안 해주려는 의도로 보인다. 어쩌겠는가, 내가 약자 아닌가, 일단은 출판사 등록증을 만들어야겠다. 어떻게 하는 것일까. 집으로 달려와서 봉투를 열고 읽어본다. 향후 3년간의 대차대조표와 손익계산서는 어떻게 거짓으로 만들 것이며 사업현황서와 경영계획서는 어떻게 만들 것인지 앞이 깜깜하다.

'쉽게 돈 벌 것 같으면 모든 사람들이 성공하는 것 아닌가. 그래! 맞아. 포기하지 않으면 성공하는 거야. 모든 실패한 사람들은 포기했기 때문에 실패한 것이지 포기하지 않았으면 모두 성공했을 거야. 나는 성공해야 해, 그러려면 절대로 포기하지 않는 거야'

구청을 방문한다.

"저! 출판사 등록증을 만들고 싶습니다."

"네! 사무실은 어디입니까?"

"사무실은 없는데요?"

"불가능한 것은 없습니다. 제가 팁을 알려드릴게요. 책상에 컴퓨터를 올려놓고 사진을 찍어오세요. 사무실 책상처럼 보이면 됩니다."

"그러면 해주시겠다는 말씀인가요?"

"네! 사장님이 대형 사무실에서 시작해야 한다는 법은 없으니까요. 사진을 메일로 보내시고 만든 등록증을 가지고 세무서로 가십시오. 거기에서 사업자 등록증을 만들어 달라고 하면 됩니다."

밤새워 거짓서류를 만든 후 아침을 대충 먹고 신용보증기금 정문 앞에서 기다린다. 아침 9시에 문이 열린다.

"어제 말씀하신 것 모두 가지고 왔습니다. 잘 부탁드립니다."

"사장님! 지금 발급해드리면 3천만 원인데 혹시 내일 발급해드리면 5천만 원이 될지도 모르겠습니다. 왜냐하면 제 전결한도는 3천인데 본부장님께 승인받으면 5천까지 가능하거든요. 어떻게 하시겠습니까? 지금 발급 받으시겠습니까? 내일 꼭 승인이 된다는 보장은 없지만 내일 오시겠습니까? 이런 말씀 하지 않으려 했는데 사장님의 열정에 감동해서 제가 승인 올려보려고 하는 것입니다."

다음날 아침이 느리게 왔다.

신용보증기금에서 5천만 원짜리 신용보증서를 발급받아서 은행으로 갔다.

"고객님! 빨리도 받아 오셨네요. 제가 신용한도를 올려서 보증서 포함하여 6천만 원 대출해드리겠습니다."

"감사합니다."

대출 이자 년 3%면 일 년에 이백만 원 이하다. 무엇부터 할까 흥분된다. 출판사를 만들어서 책을 만들겠다는 계획은 본래 마음에도 없었다. 포트폴리오를 생각해서 3분의 1은 주식을 하기로 한다. 3분의 1은 부동산을 하기로 하고, 나머지 3분의 1은 현금성 투자를 하기로 한다.

도서관으로 달려간다. 재테크 책을 20권 꺼내다가 본다. 즉시 현금성이 될 수 있는 자산 투자법을 읽고 배운다. 결정했다. 외국 돈에 투자하는 것과 금 투자다. 달러나 중국 돈이나 일본 돈을 그라프로 그려본다. 태국 돈과 캐나다 뉴질랜드 호주 돈까지 일 년 그라프를 그려본다. 달러도 1달러가 900원에서 1200원까지 오르내림을 알 수 있다. 만약 900원에 사서 1,200원에 팔면 최소 30% 남는 것이다. 1,200원에 사서 1,000원에 팔면 20% 손해 보는 것은 생각지 않기로 했다. 은행 통장에 외화를 맡기면 아무리 큰 금액을 사더라도 위법이 아니라고 말한다. 인출하여 해외로 도피할 생각이 없는 사람은 문제없음을 알게 된다. 수출이 잘 안되거나 경제가 나빠지면 달러가 올라간다. IMF때처럼 나라가 망할 정도면 1달러 당 한국 돈은 1,800원 정도까지 치솟는다. 900원에 사서 1,800원까지 오르면 두 배 장사이다. 1억을 사면 1억을 버는 결과이다. 미소를 짓는다. 너무 적다. 1억 투자하여 1억을 버는 것은 성이 차지 않는다. 언제 100억을 벌겠는가, 일확천금을 노려야한다.

머리를 싸매고 고민해 보지만 해답이 나오지 않는다. 그렇게 쉽게 돈을 벌 수 있다면 세상 모든 사람들이 부자일 것이다. 그런데 왜 부자보다 가난한 사람들이 더 많을까? 바로 실천을 하느냐 하지 않느냐의 차이일 것이다. 생각만 하고 행동하지 않으면 무슨 소용 있겠는가. 오늘 당장 실행하자. 책을 보고 인터넷을 뒤져본다. 최근 3개월 그라프와 5년 동안의 환율 그라프를 인터넷으로 열람하니 즉시 나온다. 1달러 당 1,800원에서 1달러 당 900원 사이로 움직인다. 현재는 1달러 당 1,130원이다. 손실 확률보다 올라갈 희망이 더 많다. 모든 게임은 확률게임이다. 손해 보아야 얼마 손해 보지 않을 것이라는 판단과 저질러야 승패가 있다는 생각이 서자 은행으로 달려갔다.

"달러를 6천만 원 사고 싶습니다."

"고객님! 외국으로 가지고 나가시려면 인증절차가 필요합니다."

"저는 외국으로 반출하려는 외화 밀반출업자가 아닙니다. 언젠가 필요할지 몰라서 사두려는 것입니다. 은행에 보관시켜 주십시오."

"고객님! 은행에 보관하신다면 몇 억을 사도 괜찮습니다."

"달러로 모두 사주십시오."

"고객님은 외화 통장이 있으십니까?"

"처음입니다,"

"고객님의 외화통장을 개설하여 넣어드리겠습니다."

"1달러 당 오늘 환율이 현재 시간으로 1,130원인데 수수료 부과하여 1달러 당 1,133원으로 매입해드리겠습니다. 한 달 이상 안 쓰신다면 외화정기예금으로 해 드릴 것이고 며칠 후에 인출하실 것이면 외화보통예금으로 해드리겠습니다. 보통예금은 이자가 없고 외화정기예금은 이자가 붙습니다."

"일단 정기예금을 해 놓았다가 중도 해약이 가능한가요?"

"네! 고객님이 필요하면 언제든지 인출 가능합니다. 정기예금이 유리할 것 같습니다. 인출할 때는 달러로 모두 달러로 가져가시면 불가하고 현금으로 인출은 가능하지만 우리나라 돈으로 환산하여 드립니다."

"대리님! 위법은 저도 싫고, 정상적인 것이지요? 6천만 원 어치 달러 사서 통장에 넣었다가 만약 1달러 당 1,133원에서 100원 올라서 1,233원 되면 대충 6백만 원을 더하여 6천 6백 가져갈 수 있는 것이지요?"

"네! 고객님! 저보다 더 잘 아시네요? 환전문가이십니까?"

"외화 통장 6천만 원어치 만들어 주십시오."

은행 문을 나선다. 일단 6천만 원어치 달러를 샀다. 이제 달러가 오르기를 기다리면 된다. 내리면 운명이지만 하늘은 내 편일 것이다.

집에 돌아와서 더 고민이 된다. 과연 잘하고 있는 것일까?

돈 투자라는 말이 생경스럽다. 뉴스를 매시간 보게 된다. 저녁 10시 뉴스는 나를 흥분하게 만든다. 미국이 금리인상을 올해 안에 할 것이라는 소식이다. 미국이 금리 인상하면 한국에 투자한 외국돈이 빠져나가게 되어있다. 그러면 달러를 가져갈 것이고 한국에 있는 달러는 감소하게 되어 있다. 그러면 달러는 올라간다. 꼭 한국이 망하거나 수출이 안 되어서 달러부족으로 달러가 올라가는 것은 바라지 않는다. 한국도 잘살고 나도 잘살기를 바라는 것이지 리먼브라더스 사태나 IMF사태로 부도 직전의 상황으로 내가 돈을 벌고 싶지는 않다. 밤 12시 뉴스를 다시 본다. 역외시장에서 한국 돈의 가치가 떨어지고 있다. 세계는 이제 한 구역이다. 멀리 떨어져 있어도 정보는 공유하게 된다. 숨길 수 없는 세상인 것이다. 잠을 설친다. 잠이 올 것 같지 않다.

열흘 동안 파도타기처럼 환율이 올랐다가 내렸다가 하면서 계속 오르는 추세다. 1달러 당 1,250에 모두 팔았다. 더 오르면 할 수 없는 것이라고 생각하고 과감히 던진 것이다. 열흘 만에 7백만 원을 벌었다. 모두 청산했다. 이제 6천 7백만 원의 종자돈이 있는 것이다

은행에서는 나보고 재테크 천재라고 말한다. 어떻게 달러가 오를 것을 알았느냐는 것이다. 다음에 무엇을 하겠냐고 묻는다. 6천 7백만 원을 모두 금으로 사달라고 말한다.

"금을 사고 싶습니다. 은행에서 금을 팔고 있다고 들었습니다."

"고객님 제 설명을 들어주십시오. 금은 해외선물거래가 있고 현물거래가 있습니다. 원 달러와 상관없이 국제 금 가격으로 수익을 원하시면 선물거래하시고 원화표시로 금 가격에 연동되는 수익을 바라시면 달러에 환율이 노출되듯 금도 연동됨을 아셔야 합니다. 그리고."

"잠깐만요, 말씀을 끊어서 죄송합니다. 저는 어려운 용어는 모르고 알고 싶지도 않습니다. 제가 금을 현금으로 살 수 있는지 팔수 있는지만 말씀해주세요. 그것도 간단히 쉽고 빠르게 해주세요. 저는 곧 가야합니다. 바쁘거든요. 금, 살 수 있나요?"

"네! 맞습니다. 은행에서 금을 팔고 있습니다. 사람들은 백화점이나 금방에서만 금을 팔고 있다고 착각합니다. 은행에서 가장 많이 팔고 있는 것을 고객님은 정확하게 알고 계십니다. 그러면 금을 어떻게 해드릴까요? 금 현재 시세가 1그람 당 5만원 합니다. 얼마든지 살 수 있습니다. 금이 무겁고 집에 들고 가시기 위험하다고 느끼시면 은행에 맡기시면 됩니다. 제가 개인적으로 보관하는 것 아니라 골드뱅킹이라고 금 사신 분량을 통장에 표시해드리는 것입니다. 고객님은 언제든지 팔고 싶을 때 통장을 들고 오셔서 팔아달라고 하시면 됩니다."

"그럼 5천만 원어치 금을 사면 금 통장에 1,000그람 즉 1KG 이라고 써주는 것입니까? 금 1그람이 5만원에서 5만 5천 원 하면 대략 10%남는 것인데 5백 만 원을 더하여 5천 5백만 원을 제가 받는다는 것입니까?"

"네 맞습니다."

"대리님! 그럼, 6천만 원어치 금을 사서 금 통장으로 만들어 주십시오."

"네! 고객님 6천만 원입니다. 금으로는 1,200그람입니다."

금 현물거래인지 금 선물거래인지 무슨 뜻인지는 모른다. 다만 금값이 오르면 오른 만큼 이익이라는 것은 안다. 이제 금값이 오르기만 기대해야 한다.

다음날 금값 변동이 없다. 이러다가 손해 보는 것이 아닌가 걱정이다. 괜히 초조하다. 하루 만에 근심 걱정 초조 불안이라는 자신이 한심스럽다. 과거 10년 동안은 금값이 5배 상승했다. 1억 투자한 사람은 5억을 만지게 되었다는 것이다. 그라프가 말해주고 현실이 그렇다. 금반지 한 돈이 5만 원 정도 했는데 지금은 20만원이 넘는다는 것이 그것을 말해준다. 오를 것이다. 금은 공장에서 자동 생산되는 것이 아니다. 땅에서 캐어야 하는데 자원은 한정되어 있을 것이다. 그래서 금값이 꾸준히 오른 것 아닌가. 내린다면 잠깐일 것이다. 믿자, 믿자.

신문에 자원개발이 톱뉴스다. 중국이 아프리카 자원개발에

싹쓸이 한다고 쓰여 있다. 인도와 중국의 금 선호사상에 금값이 요동칠 것이라는 뉴스도 있다. 하루에 3% 오르는 날도 있다. 20일 만에 40%가 올랐다. 5만원에 구입한 금이 20일 만에 1 그람 당 5만원에서 7만원까지 오른 것이다. 은행 직원이 나에게 점심을 사겠다고 매달린다. 한 수 알려달라고 한다.

20일 만에 2천 4백만 원을 벌었다. 6천만 원 투자하여 20일 만에 8천 4백만 원이 된 것이다.

겁 없이 투자를 하고 있는 것은 분명하다. 무식하니까 용기가 있는 것일까 하여튼 나는 밀어붙일 것이다. 며칠 동안 은행 통장에 8천 4백만 원이 들어있으니 뿌듯하면서도 어쩐지 아쉽다. 은행예금 이자는 거의 없기 때문에 손해 보는 기분이다. 은행에 다시 방문한다.

"대리님! 예금 이자가 적어서 손해 보는 느낌입니다. 좋은 상품 없을까요?"

"혹시 펀드해 보고 싶은 생각 없으신지요?

"펀드의 수익률이 어떻게 되고 위험율은요?"

"그럼, 펀드 설명해드리겠습니다. 위험도 중간, 수익도 중간 수준에선 채권 혼합형 펀드가 있습니다. 비교적 안정적인 국·공채에 7~80% 정도 넣고, 나머지 2~30%만 주식시장에 투자하는 방식으로 설계한다면, 원금 손실 가능성도 낮추면서 연 3~4% 정도 수익은 기대해 볼만합니다. 더 공격적인 상품으로는 국내 주식형 펀드가 있습니다. 만약 올 초에 이 펀드에 투자했다면 벌써 6% 정도 수익이 났습니다. 그런데 주가가 떨어지면 손해를 볼 수도 있습니다."

"대리님 그렇게 소극적인 펀드 말고 고수익 펀드 말씀해주세요."

"여기 고수익 펀드 상품을 소개합니다. 금 펀드부터 식량펀드 자원 펀드 등 다양합니다. 많은 손해를 볼 수도 있고 많은 이익을 받을 수도 있습니다. 은행에서 책임지지 않는 상품입니다."

"여기 자원펀드라는 것은 무엇입니까?"

"네! 고객님이 자원펀드에 1억을 가입했을 경우에 자원가격이 올랐을 때 그 수익을 얻는 형식입니다. 예를 들면 석유를 고객님이 1억 원어치 사가지고 갈 수 없지만 1억 원어치 오늘 날짜로 샀다고 가정하고 통장에 표시하여 드립니다. 원유가 1배럴에 50달러에서 60달러로 오르면 고객님은 20% 수익을 얻어서 1억 2천만 원 받게 되는 것입니다. 반대로 내려가면 고객님이 그만큼 손실을 입는 것이지요. 원유, 구리 등 광물, 식량 등 다양합니다. 선택은 고객님이 하시는 것이고 책임도 고객님 소관입니다."

"그래요! 재밌네요. 그럼 원유로 해주십시오. 원유펀드 올인해주세요."

"그럼 원유로 하시겠다니 자원 펀드 중에서 원유가 들어 있는 자원펀드로 가입해드리겠습니다. 여기 약관과 설명서를 읽고 사인해주십시오."

원유펀드 가입하고 며칠 지나자 오펙에서 원유 감량 발표로 원유가 급등 1배럴에 70달러로 치솟아 순간에 40% 넘게 수익을 얻는다. 8천만 원이 1억 2천만 원으로 되었다. 종잣돈의 두 배 장사를 한 셈이다.

이번에는 가장 고 위험이면서 높은 이익을 줄 수 있다는 주식시장을 연구하기로 했다. 3일간 책을 집중적으로 보니 전문가 수준의 실력을 갖추게 된다. 실전은 몰라도 일단은 이론가는 되었다. 주식이 무엇인지 알게 되었다.

불어난 종잣돈 1억 2천만 원을 들고 증권사를 찾아간다. 상담 문의하니 50대 중반의 남자가 상담을 해준다. 본인의 명함에는 부장이라고 쓰여 있다.

"부장님! 제가 이 근처에 아주 맛있는 식당을 알고 있는데 점심 함께 하실 수 있습니까? 제가 한턱 쏘겠습니다."

설렁탕을 먹으면서 부장은 열변이다.

"지나치게 주가 상승한 것은 버블이 심한 것이 많습니다. 중동 특수로 건설주가 폭등했다가 오일쇼크로 기업실적이 둔화되고 특수가 사라지면서 폭락했지요. 기업 실적 호전으로 주가가 상승하는 실적장세는 나중에 일어납니다. 주식은 2년 동안에 20배 이상 오른 주식도 많이 보았습니다. 1억 투자하여 2년 있으면 20억이 된다는 것이지요. 그것이 매력이지만 함정일 수도 있지요. 황금 알을 낳는 공모주도 매력 있지만 모두 성공하는 것은 아닙니다. 거품의 소멸을 고려해야 하고 경제 상황 즉 경상수지 흑자와 적자도 연구대상입니다. 주식공급이 수급 균형으로 붕괴될 때도 불안합니다. 폭락할 때는 부양책도 안 먹힙니다. 주식은 성공과 실패 투자자 책임입니다. 저는 상담만 해드리는 것입니다. 판단과 결정은 참고하시고 잘 하십시오. 저희들은 매일 차드 분석으로 치명적인 실수를 줄이고 투자수익률을 높이고자 노력하지요. 처음 주식 하신다면 저는 가치주를 권유하고 싶네요. 가치주란 부채비율이 100% 이하인 기업이나 주당순이익증가율이 4% 이상인 기업, 주가 수익비율이 낮은 기업. 주가 순 자산비율이 0.35배 이하인 기업 등이 있습니다. 처음에는 보수적인 투자가 좋습니다. 유동비율이 200% 이상인 기업, 최근 20년간 배당을 한 기업. 과거 10년간 매년 이익을 낸 기업들에 투자하십시오,"

"부장님! 잠깐만요. 저는 주가 순 자산비율이 어떻고 유동비율이 무엇이고를 알고 싶지 않습니다. 1년에 30배 오르는 주식을 사고 싶습니다. 망해도 좋습니다. 두 종목만 추천해주세요. 절대로 원망하지 않습니다. 제 책임입니다."

"삼천리를 사십시오. 삼천리는 역 주변에 연탄공장이 많습니다. 지금 연탄 사용하는 사람이 거의 없어져서 모두 아파트나 백화점으로 개발하면 엄청날 것 같습니다. 몇 년 안에 희망이 보입니다. 다음은 면세점 등의 사업 호황 예상되는 호텔신라가 좋아 보입니다. 기타 참고로 아모레 화장품도 생각해 볼만한 주식입니다."

나는 남들과 똑같은 방법으로는 돈을 벌 수 없다는 생각으로 엉뚱한 결정을 한다. 상장주식인 코스피 종목이 아닌 장외주식을 샀다. 5천만 원을 날릴 수 있지만 도박할만한 매력이 나를 당겼다. 영상전화기 주식인데 장점이 영상전화기를 구입하면 상대가 어디에 있든지 통화료가 공짜라는 것이다. 외국에 유학생 자식이 있는 경우나 회사의 현지 지사들에서 유용하게 쓰여질 것이라는 판단이었다. 먼 후일은 몰라도 향후 1년 이내에는 엄청난 히트상품으로 여겼다. 한 주당 오천 원씩 만 주를 오천만 원에 샀다.

우연인지 내가 산 장외주식이 4개월 만에 10배 올랐다. 5억 원의 순이익이 생긴 것이다. 그렇지만 주식은 항상 불안하여 모두 정리했다. 남아도 스트레스로 병든 육체가 남을 것이라는 생각이 들었기 때문이었다. 주식은 아무리 돈을 쉽게 번다 해도 나와 맞지 않는 모양이다.

이번에는 땅에 투자하고 싶었다.

자산 전문가를 찾았다. 마침, 여의도에서 부동산의 미래에 대하여 강의가 있음을 알게 되었다. 텔레비전에서도 강의를 들을 수 있지만 현장에서 직접 듣고 느끼고 싶었다. 강사는 열심히 말한다.

"지금부터 우리나라 부동산의 미래에 대하여 2시간동안 강의 하겠습니다. 먼저 결론부터 말하면 우리나라 부동산의 50%는 향후 완전히 하강곡선을 그려서 현재가의 30% 정도로 폭락할 것입니다. 10억짜리 부동산이라면 향후 3년 후부터는 3억짜리 부동산이 될 것이며 그것도 팔리지 않을 것입니다. 나머지 50%는 어떻게 될까요? 아마 그 50% 중에서 45%는 현재 상태에서 오르지도 내리지도 않을 것입니다. 나머지 5%는 현재 가격에서 10년 후에는 30배는 오를 것입니다. 현재 10억이라면 10년 후에는 300억이 된다는 것입니다. 그러면 여러분은 어떻게 하여야 할까요. 현재의 아파트나 주택 임야 전답 등은 어떻게 될까요? 상가 투자하신 분이나 오피스텔 투자하신 분은 어떻게 될까요? 과거를 보면 미래를 예측 가능합니다.

가까운 일본부터 설명해보겠습니다. 1984년부터 1989년까지 6년간에 자산가치가 일본 대부분 지역이 300% 올랐습니다. 1억에 산 집이 3억이 된 것이지요. 그런데 1990년부터 2015년까지 최근 25년 동안 부동산 버블이 붕괴되면서 끝없이 추락했지요. 평균 500% 폭락했습니다. 골프 회원권 등은 3억짜리가 3천만 원에도 안 팔립니다. 땅은 1990년에 10억이 지금은 2

억에도 거래가 되지 않습니다. 모두 그렇다는 것은 아닙니다. 5%는 오른 곳이 있습니다. 장기간 저금리인데도 불황이 쉽게 벗어나지 않습니다. 요사이는 돈을 마구 찍어냅니다. 쉽게 말해서 통화량을 대폭 늘려서 인플레이션을 만들려 합니다. 그래도 저물가 현상인 디플레이션을 벗어나지 못하고 있습니다. 잃어버린 25년입니다. 25년 전의 부동산 가격이 이렇다면 누가 부동산을 사려고 하겠습니까? 미국을 예로 들어볼까요. 미국은 2000년 초반까지 일 년에 평균 150만호의 주택을 공급했습니다. 집이 잘 팔리고 주택 가격이 오르자 매년 200만호 이상 주택을 공급했습니다. 은행에서도 돈 풀기에 혈안이 되었지요. 주택담보대출비율을 높여서 대출했습니다. 정부도 방관했지요. 경제를 살리겠다는 생각이었고 막을 방법도 없었습니다. 집 담보로 가계부채는 눈덩이처럼 불어났지요. 그 결과 2008년 주택시장 대침체를 맞았지요. 그 후 10년 동안 불황의 그늘이었고 지금도 쉽게 벗어나지 못하고 있습니다.

한국은 어떻습니까? 지금 아파트 공급은 어떻습니까. 제가 말하지 않아도 공급량이 더 많지요. 가계대출은 일천오백조원이 넘습니다. 부동산을 사줄 젊은이는 줄어듭니다. 아기를 낳지 않아요. 두 사람이 결혼하여 2명을 낳아야 인구가 줄지 않는데 한 쌍이 평균 한 명 낳습니다. 노인들은 기하급수적으로 늘어나고 있습니다. 간단히 말하여 인구절벽이 옵니다. 인구가 줄면 유치원부터 초등학교, 중학교, 고등학교 등 학생이 모두 줄어듭니다. 취업자도 줄어듭니다. 누가 얼마나 사줄까요. 늘어나는 노인들이 사 줄 것이라 믿습니까?

그러면 부동산의 미래는 깜깜하다고요? 아닙니다. 틈새시장을 노려야합니다. 아파트도 50평짜리는 내려도 소형 역세권은 안 내릴 것입니다. 땅도 노른자 땅은 안 내리고 오를 것입니다. 그 5%를 찾지 않으면 여러분의 미래도 장담 못합니다."

이론은 현실과 다를 수 있다. 현장을 직접 파고들어가 보기로 했다. 다음날 공인중개사 사무소를 찾아갔다.

"투자하고 싶습니다. 6억 있으며 2억씩 3등분하여 분산투자하고 싶습니다. 좋은 물건 있습니까?"

"소형 아파트 하나 하시고 시골 임야와 오피스텔 하나 추천합니다."

"설명해주세요."

"역세권 소형 아파트는 충분히 승산이 있습니다. 내릴 수도 있지만 월세나 전세로 돌리면 위험부담이 없습니다. 지하철역 반경 500미터 이내를 추천합니다. 지금 2억짜리 나와 있는 물건이 있습니다. 다음은 땅입니다. 충남 천안 근처에 좋은 산이 있습니다. 현재는 보전산지와 준 보전산지로 나누어 있지만 머지않아 개발될 소지가 충분합니다. 도시에서 아주 가깝거든요. 전원주택으로 주변이 개발 중인데 전원단지로 개발되면 평당 30만원은 문제없습니다. 단점은 도로가 접해 있지 않는 맹지라는 것인데 주변이 개발되면 반드시 도로가 생겨야 하는 곳입니다. 현재 평당 일 만원에 나와 있습니다. 주인이 아주 급하게 내놓은 것인데 오늘 매물이 나와서 따끈따끈합니다. 2만평이니 총 2억 딱 맞네요. 사장님 오늘 운이 좋은 날이네요. 다음은."

"잠깐만요. 제가 지금 배가 고프거든요. 제가 점심 맛있는 것 살 테니 이 주변 가까운 곳으로 함께 나가시겠습니까?"

옆 식당으로 간다.

"여기에서 가장 맛있는 것으로 주세요. 무엇이 있나요?"

"한우갈비가 최고지요. 2인분 드릴까요?"

현금으로 선결제하고 시원한 맥주와 함께 갈비를 뜯는다.

"처음 만난 분께 호화 점심 대접받기는 생전 처음이네요. 잘 먹겠습니다."

"조금 전에 임야에 대하여 말씀 하시는 것을 제가 말씀 끊어서 죄송합니다. 관리지역이 아니지만 보전지역 중에서 가장 좋다고 말씀하시다가 말았는데 저는 무슨 용어인지 전혀 모르겠습니다. 저는 땅을 사 본 적이 없습니다."

"사장님은 잘 모르셔도 됩니다. 제가 다 알아서 해드리겠습니다. 현재는 그렇지만 미래를 사는 것이 투자지요. 주택이나 아파트가 들어선다는 희망으로 투자하는 것이지요."

"여기에서 한 시간은 가야 현장을 보겠네요?"

"다음 지도를 열람하여 주소를 치면 즉시 항공사진으로 볼 수 있습니다. 공짜입니다."

"임야는 강력추천이고요 또한 역세권 아파트 추천할 것이 있습니다. 지하철역에서 500미터도 안 떨어진 곳에 10세대를 한 사람이 가지고 있는 사람이 있습니다. 급한 사정으로 모두 정리하고 싶다고 합니다. 10채 모두 사시면 대박입니다. 제가 하려고 고민 중이었는데 비밀을 폭로하네요. 임자가 따로 있나 봅니다. 사장님이 모두 하십시오. 아파트는 떨어져보았자 얼마 떨어지지 않습니다. 왜냐면 소형아파트, 역세권 두 가지만 확실하면 됩니다. 한 채당 2억 중에서 60% 대출과 40% 전세로 하면 돈 없어도 됩니다."

아파트 10채를 내 돈 없이 구입했다. 임야 2만평도 2억에 구입했다. 용기 있는 사람이 성공한다는 신념으로 과감하게 도전했다.

점점 더 부자가 되고 있다. 부자가 되면 무엇을 먼저 할까 생각해 두어야 하지 않을까, 웃음 지으며 나에게 말해 본다.

'멋진 레스토랑에 가야할거다. 영화배우처럼 아름다운 사람과 함께 식사하는 거다. 정문에 금일 휴업이라고 써놓고 둘만의 데이트를 즐기는 거다. 돈을 많이 주면 할 수 있을 것이다. 또 무엇을 할까? 세종문화회관이나 예술의 전당의 전석을 모두 내가 사는 거다. 그리고 혼자 음악 감상하는 거다. 애인과 단둘이 가면 더 좋을 것이다. 기분 좋은 상상이다'

행복한 웃음이다. 생활은 어떻게 할까 생각해본다.

'나를 경호하는 사설 경호원들 4명은 항상 그림자처럼 나를 보호하겠지. 돈이 있어도 건강을 잃으면 소용없으니 매일 건강관리를 할 거야. 몸보신에 열심하고 운동을 하겠지. 어떤 때는 운동한다고 골프장 전체를 빌려서 황제골프도 쳐봐야겠지. 재산이 1조쯤 되면 가능할까.

이루어 질것이라는 상상에 들뜬 기분이다.

상상하며 행동하며 돈 벌이에 미친 듯이 살다보니 3년 만에 목표를 달성했다. 꿈은 이루어졌는데 허전함은 무슨 까닭일까?

돈은 좋은 것이다. 그러나 모순 덩어리다. 돈맛은 달콤하지만 그 안에 독이 들어있다. 자유를 주고, 하고 싶은 것을 거의 할 수 있게 하는 마력이 있다. 살아가는데 돈처럼 편리하게 해주는 것은 없다. 돈을 풀면 대우를 받는다. 그래서 돈의 유혹은 뿌리칠 수 없다. 그 유혹에 빠질수록 동물화 된다. 돈을 쓸수록 안락함이 있고 아부하는 사람들이 줄을 선다. 친구들도 수없이 따르고 쾌락을 준다. 속으로 비참한 인생이라고 욕하더라도 겉으로는 우러러본다. 아쉬운 것은 돈이 힘을 발휘하면 정신이 공허해진다. 물질적으로 풍요하면 정신적으로 갈증이 온다. 서로 상반된 가치다. 묘한 세상의 이치다. 돈이 있을 때 이웃을 돕거나 춥고 배고픈 사람에게 베풀면 정신적 성장이 된다. 돈이 있다는 것은 돈이 많다는 것이 아니다. 오늘 지금 당장 쓰고 남는 돈이 있다면 지금 당장 베풀어야 한다. 나를 위한 길이다. 후회하지 않을 길이다. 돈의 노예가 되지 않는 길이다. 진정한 사랑은 돈으로 살 수가 없음을 안다.

이렇게 책에 쓰여 있는 이론을 섭렵했지만 현실은 다르다는 것을 알게 된다. 돈이 지나쳤었는지 삶이 파괴되고 있다. 욕망은 사람을 잡는다. 행복을 담보로 하지 않는 삶이 무슨 성공인가. 죽어야 하는 육체임을 인정하지 않고 살고 있어서일까. 돈을 많이 벌었다. 부동산으로 가장 많이 벌었고 금융기관 역이용하여 많이 벌었다. 나는 누구인가? 껍데기만 남았다. 정신적으로 피폐해진 영혼이 슬퍼한다. 몸이 아프다. 돈은 은행에 많이 있지만 쓰지 못하는 돈은 내 돈이 아니다. 돈에 시달려 돈을 벌면 자신을 파괴함을 알고 있으면서 회피 못한 것이 한스럽다. 정말 사랑하는 사람들은 모두 떠나고 가면 쓴 사람들만 주위에 남았다. 돈은 벌었지만 사랑을 잃었다. 나는 무엇인가? 나는 누구인가?

뒷산에 잠깐 산책이나 하려고 저녁 무렵 집을 나섰다. 돈 없을 때가 더 행복하였던 것 아니었을까 생각하며 걷는다. 돈으로 모든 것을 해결할 수 있다는 것은 착각이었구나. 거짓으로 포장된 아픔뿐이다. 더 많이 가질수록 행복이 아니라 불행을, 기쁨이 아니라 괴롬을, 한가함이 아니라 바쁨을 돈으로 구입한 모양이다. 인간은 하느님과 재물을 동시에 섬길 수 없듯, 돈으로 멋진 적들만 만들었구나. 과거에 시간을 소중하게 내 것으로 썼어야 했다. 지금은 쓰지도 못할 돈은 많은데 행복이 예전처럼 넘치지 않는다. 내일부터라도 후회하지 않도록 여행가고 먹고 마시고 골프 치며 즐겨야겠다고 다짐한다. 뒷산 정상 부근에서 아래에 있는 내 집을 바라본다. 잘 보이도록 옆으로 돌아간다. 고속도로에서 차들이 질주하는 모습을 바라본다. 차량들의 질주로 소음이 요란하다. 집에서는 방음창 때문에 잘 몰랐을까, 순간 핸드폰 소리가 주머니에서 들린다. 얼른 꺼내려다가 헛발걸음으로 휘청거리더니 넘어진다. 아래로 굴러간다. 아무것이나 잡아야 한다는 생각으로 손을 휘저어보는데 바위가 잡힌다. 바위가 뽑혔는지 내 몸과 함께 더 세게 아래로 구른다. 얼마 후 찢어질듯 한 고통과 함께 멈춘다. 참을 수 없는 아픔으로 잠시 정신을 잃었다가 깨어보니 거대한 바위틈에 왼발이 끼었다. 돌을 움직여 발을 빼보려 하는데 꼼짝도 않는다. 온몸이 흙투성이에 땀으로 범벅이다. 왼발 끝에서 피가 계속 흐른다. 고통을 참으며 소리친다. 핸드폰은 어디 갔는지 보이지 않는다. 살려달라고 소리친다. 고속도로 차량의 소음이 절규하는 내 목소리를 삼키고 있다. 어떻든 빨리 아래 동네로 가야 살 수 있다. 아무도 구조해주지 않으면 출혈로 죽을 것이다. 굴러가든 기어가든 왼발을 빼야 한다. 아무리 잡아당겨도 고통만 더할 뿐 꿈쩍하지 않는다. 하느님의 벌인가 보다. 잘못 살았던 죄 값이라는 생각이 번쩍 든다. 돈을 벌었으면 베풂을 더 했어야 벌 받지 않았을 것이라고 후회해보았자 이미 늦었다. 해외여행이고 골프고 다 때가 있다는 말도 소용없다. 나한테 잠시 맡겨 놓을 터이니 잘 사용하다가 천국에서 만나자는 하느님의 뜻이었을 것인데 극단의 이기주의자로 나만 알고 살았음을 자책한다. 그만 벌어도 되었는데 일과 돈의 노예로 인생 헛살았음에 통탄한다. 죽음이 아른거린다. 발가락 네 개가 뭉개져 있는지 감각이 없고 발목 부분이 낀듯하다. 구조 받을 희망은 절벽이다. 내일 등산객에게 발견될 때는 내가 죽은 후일 듯하다. 고통으로 견딜 수 없다. 인내의 한계가 얼마 남지 않았다. 한동안 소리치고 몸부림치다가 결단을 내린다. 몸을 빼어내서 이곳에서 탈출해야 살 수 있음을 알게 된다. 몸을 뒤진다. 마침 등산용 칼이 잡힌다. 한쪽 발이 없으면 걷지도 못하고 평생 장애자로 살아야 한다는 생각은 나중 일이다. 이빨로 옆에 있는 나뭇가지를 물고 칼로 발목 부분을 잘라내기 위해 찍는다. 외마디 소리보다 고속도로 차량소음이 더 크게 들린다.

|6|

# 바로 당신처럼

# 바로 당신처럼

"여러분! 오늘 강의는 이것으로 마치겠습니다. 질문 있으신 분은 말씀해주세요."

"선생님! 그러면 모두 도시를 떠나 시골이나 산골짜기에서 살아야 한다는 것입니까?"

"좋은 질문입니다. 장수의 비결 중에 한 가지 일뿐이지 전부는 아닙니다. 독소를 줄이는 방법 중 하나가 사람들이 붐비는 도시에서 멀리 떨어져 사는 것입니다. 도시는 엄청난 량의 오염 미립자가 있습니다. 자동차에서 나오는 매연 중 이산화탄소는 물론이지만 가장 무서운 카드뮴이 나옵니다. 매번 숨 쉴 때마다 조금씩 들이마실 수밖에 없습니다. 카드뮴은 사람의 해독작용을 방해하고 쌓일수록 치명적이 됩니다. 그밖에 화학물질의 독성을 알면서도 암을 일으킬 수 있는 독성 화학물질과 마주하며 살게 됩니다. 그래서 독성 화학물질에 노출되는

양을 줄일 수 있는 단 하나의 방법으로 도시를 떠나라는 것입니다."

"선생님! 도시를 떠날 수 없다면 대체방법이 없을까요?"

"독소를 마실 수밖에 없을 때는 비타민이나 클로렐라를 먹는 방법도 있습니다. 장수국가인 일본 사람들은 민물에 사는 클로렐라라는 녹조를 알약으로 만들어서 하루에 몇 알씩 먹습니다. 고기를 먹을 때나 외식을 할 때는 클로렐라를 꼭 먹는다고 합니다. 다른 첨가물이 없는 순수 자연 클로렐라여야 합니다. 미국 사람들은 고기를 먹을 때 양배추를 함께 먹습니다. 양배추가 없으면 사과를 통째로 먹습니다. 사과 속의 식이섬유 또한 독성 성분을 배출시켜줍니다. 탄 음식은 몸에 해롭다는 것은 맞지만 보호해주는 클로렐라 또는 양배추를 함께 먹으면 해독이 됩니다."

"선생님! 먹는 것 말고 다른 방법은 없습니까?"

"있지요. 땀이 나오도록 사우나를 하면 독소가 몸에서 빠져나옵니다. 그렇다고 몇 시간 한증막에 있으면 위험합니다. 죽으면 건강관리도 소용없습니다. 결론적으로 몸이 알아서 치유하도록 몸이 원하는 삶을 살면 됩니다. 몸이 경고음을 낼 때는 알게 되어 있습니다."

"선생님! 그런 것들을 할 수 없는 사람들이 더 많은데 그러면 어떻게 해야 합니까?"

"화학 오염물들에서 피해야 합니다. 인공 착색료 제품을 멀리하고 유화제나 화학 방부제를 넣은 것을 먹지 마십시오. 살충제를 사용한 농약도 문제이고 오염된 가축사료도 문제입니다. 각종 알루미늄 캔이나 수은, 납, 비소, 구리 등이 섞인 제품에 담긴 식품도 문제입니다. 모두 간접적으로 흡수됩니다. 자연 식품을 먹고 자연 해독이 되게 하고 오염되지 않도록 해야 합니다. 질문이 끝이 없겠습니다. 개인 이메일 주소를 알려주겠습니다. 개별상담 해드리겠습니다. 죄송합니다. 다른 약속 때문에 이만 끝내겠습니다. 감사합니다."

강의 장을 나와서 다시 산속에 있는 집으로 돌아왔다.

얼마 전까지 은은하게 퍼져 있던 회양목 향기가 없다. 회양목 꽃은 이른 봄에 핀다. 커피 열매 한 개 크기의 작은 꽃들이 옹기종기 핀다. 가지 사이나 끝에 뾰족이 핀 꽃들은 꽃잎이 없고 화려하지 않아서 인기는 없지만 벚꽃이나 진달래보다 먼저 피기 때문에 희소성이 있다. 이른 봄에 꽃향기를 찾기는 힘들지만 회양목은 그런 면에서 선구자다. 그리운 향기를 찾아 회양목을 자세히 보니 회양목 열매가 가득하다. 까만 씨가 곧 터질듯하다. 추운 겨울이 지난 것이 얼마 되지 않은 것 같은데 여름이 다가왔다.

어린 순을 따서 먹었던 두릅나무도 꽃이 만발했다. 세월 참 빠르다.

구기자 꽃이 피었다. 여름에 피는 붉은 꽃, 면역력을 높이고 허약한 기를 보충하는데 도움이 되며 혈압과 혈당을 내리는데 쓴다고 했던가. 울타리에 심은 구기자 꽃 옆에 가시가 가까이 오지 말라고 경고하고 있다. 바라만 보라는 뜻일 것이다.

넓적한 돌 위에 앉았다. 하늘이 참 푸르다. 새들이 반갑게 인사한다. 공기 맑고 향기 좋고 세상 부러울 것이 없다. 이렇게 좋은 세상에서 공해에 찌들어 살아야만 하는 사람들이 더 많다는 것이 안타까움이다.

집에 들어가서 컴퓨터를 열람한다. 오늘 강의 한 것에 대한 글들이 있을 듯 하여서이다. 역시 몇 명이 질문과 평이 나와 있다. 그중 가장 흥미로운 글이 있다.

"제 이름은 정아입니다. 오늘 선생님의 강의에 감동하였습니다. 선생님의 집에 방문하고 싶습니다. 주소만 알려주시면 내일 오후 2시 찾아 뵙겠습니다. 거절하지 마세요. 걱정하지도 마세요. 선생님에게 가장 어울릴 선물을 하고 싶을 뿐입니다. 제 집이 선생님과 가까운 거리입니다……."

누굴까? 기억이 나지 않는다. 몇 십 명의 수강생 중에서 제일 앞에 앉아서 열심히 기록하던 여자일까? 뒤에서 묵묵히 듣기만 했던 여자일까? 무슨 선물을 가지고 온다는 것일까? 산속에서 혼자 산다는 것을 말하지 않았는데 어떻게 알았을까? 꼬리에 꼬리를 무는 궁금증이 더해만 간다.

걱정해서 다 해결 된다면 매일 걱정만 하고 살겠다는 신념이 생각나서 메일함을 닫고 밖으로 나간다. 별들이 오늘따라 더 많다.

한때는 행복 조건이 물질적인 것인 줄 알았다. 돈을 벌어보았고 결혼도 해보았다. 다 해보고 이루었지만 원하는 대로 다 이루어도 욕망을 내려놓지 않으면 소용없음을 알았다. 좌절, 절망, 가난, 불행도 다 겪어보았다. 행복의 조건은 마음먹기다. 미운감정에 여유가 있어야 하고 감사하는 마음이 충만해야 한다. 이곳은 얼마나 좋은 곳인가. 마음속에 숨어 있는 행복에 감사하며 받아들인다. 맑은 공기 속에서 자연의 삶은 불행이라는 단어를 잊게 한다. 건강이 날로 좋아지는 것은 잘 먹고 잘 자서 그런 것은 아닐 것이다. 몸처럼 마음을 부드럽게 풀어주는 습관이 생겨서일 것이다. 분노, 스트레스, 두려움, 화 등을 바꿀 수 있는 것은 도시에서 살면서 되지 않았다. 자연을 벗 삼으면 자연스럽게 된다. 가슴속의 응어리를 효과적으로 다스리는 법은 도시를 떠나는 일이다. 자연 속에서 자연의 물과 자연식품만 먹으며 자연을 즐기다 보면 감정들을 자각하게 된다.

산속에 살면서 공황장애도 없어졌다. 늦게 알았다. 머리로 하는 소리보다 몸이 우리에게 하는 소리를 들어야 한다. 답답하고 무엇인가 몸이 경고신호를 보내면 자신의 몸을 자연 속으로 밀어 넣어야 한다. 아침 산행이 최고라고 아무리 강조해도 실천하지 않으면 소용없다. 산속에 살아야 실천할 수 있는 여건이 된다. 자연이 최고의 의사다.

아침이다. 바깥 공기를 마신다. 심호흡을 하고 스트레칭을 한다. 차갑고 상쾌한 공기가 몸 구석구석에 스며든다. 몸이 벌써부터 좋아하고 있다. 병풍처럼 둘러 있는 소나무들을 바라본다. 새들이 인사한다. 맑게 갠 정신을 들고 집안으로 들어온다. 음악을 고른다. 창문으로 바라보이는 푸른 숲을 보면서 과일을 먹는다. 아침은 산에서 따온 과일과 밭에서 키운 매실즙과 당근으로 해결하는 경우가 많다. 오늘도 특별한 일이 없다. 오늘 오후 2시에 수강생 중 한 명이 온다고 했는데 그렇게 개의치 않는다. 식사가 조금은 부실한 듯하여 누룽지 끓인 것과 김치로 위를 채우고 식탁을 정리한다.

책을 꺼낸다. 독서 시간이다. 책을 읽는 시간은 달콤한 몽상의 시간이다. 영혼이 몰입하는 놀라운 시간이다. 불꽃같은 기쁨을 준다. 행복으로 이끈다. 책을 읽으면서 언젠가 이런 책을 출판하리라 생각하면서 읽어서일까, 좋은 문장일수록 더 열광하며 읽는다. 다른 사람들도 인류가 만든 경이로운 발명품인 책들에 열광할까, 도시에서 책을 읽을 시간은 많지 않다. 핸드폰에 중독되거나 텔레비전, 인터넷 등 현대문명의 이기에 자신을 잃고 산다. 산속에서는 그럴 이유가 없다. 오로지 책을 벗할 수 있는 여건이 모두 갖추어져 있다.

졸리다. 졸리면 잠들면 된다. 긴장한 세월은 이미 잊었다. 침대에 몸을 던진다.

얼마나 잠들었을까? 핸드폰 소리가 요란하다.

"선생님! 여기서 20분 걸어가야 한데요. 택시타고 혼자 갈까 해요."

찾아 온다하여 마음대로 하라했는데 빨리도 왔다. 당돌하게 말하는 것에 약간은 놀랍다.

"혼자라서 겁나지 않아요?"

"걱정 마세요. 알아서 갈게요."

얼마 후 정아라는 여자가 왔다. 20대로 보이는 젊은 여자라는 데 놀랐고 배우처럼 예쁘다는 것에 또 놀랐다.

"저는 선생님이 택시 타는 곳에서 기다리면 마중 나온다고 하실 줄 알았어요. 당연히 내려갈 테니 기다리라고 해야지요."

"혼자 알아서 올 테니 걱정 말라고 하였지 않나요?"

"그러니까 선생님은 혼자 사시는 거예요. 박사님이래도 연애는 유치원생이세요."

정원을 돌아본다. 신기한 나무 앞에 멈춘다.

"선생님! 이 꽃나무는 신기하네요. 꽃들이 서로 다르네요. 조화인 줄 알았어요. 어떻게 이렇게 자랄 수가 있나요?"

"식물은 사람과 달라요. 동물은 자기와 다른 세포가 오면 거부해요. 이식이 불가능한 것이 대부분이지요. 식물은 그렇지 않아요. 이 꽃나무처럼 서로 다른 나무에 접목을 하고 한 달만 지나면 뿌리는 하나인데 서로 다른 나무들이 각각 자라요. 이식된 세포를 종이 다르다고 공격하지 않기에 다른 꽃이 필 수 있어요."

"아! 그렇군요."

그녀가 나무를 쓰다듬으며 갸우뚱한다.

"이곳은 항상 미세먼지가 없나요? 공기에서 향이 나요."

"네! 깊은 산속은 항상 공기 좋고 물 맑은 것은 기본입니다. 그래서 도시를 떠나 사는 것입니다."

산속 생활이 신기한 모양이다. 궁금한 것도 많은 모양이다. 헬스 기구가 있는 곳에서 멈춰서 말한다.

"역기, 팔굽혀펴기, 철봉 등 없는 것이 없네요. 전시용이에요? 선생님이 하시는 거예요?"

"진짜 합니다. 혼자 살려면 근력을 키워야 합니다. 약하면 남에게 의지해야 하거든요."

"선생님은 혼자 사신다면서 정력을 키워서 무엇 하게요."

"근력이라고 했지 정력이라고 하지 않았는데요."

"그것이 그것 아닌가요?"

어린 여자가 화끈하게 말한다.

"맛있는 것 가져다 줄게요."

산에서 따온 으름과 산딸기를 가지러 가다가 평상에 무릎을 다쳤다.

아프다는 말을 하지 못하고 억지로 참으면서 가다가 뒤를 돌아본다. 무엇이 그렇게 재미있는지 나를 바라보며 웃음 만발이다. 당황하는 것을 들키지는 말아야지 하면서 아픈 다리에 힘을 주며 걷는다.

"어제 따온 것입니다. 모두 자연산입니다. 맛보세요."

"특이하고 처음 느낀 맛이네요. 꼭 첫사랑 같은 맛이랄까요?"

"정아씨는 처음 본 사람에게도 적극적으로 표현을 잘하시네요."

"그래야 하는 것 아닌가요? 사랑하는데 사랑한다는 표현을 못하는 것이 더 이상한 것 아닌가요?"

"때와 장소를 구별해야 예절도 있는 것이겠지요."

"선생님! 저는 그런 복잡한 것 잘 몰라요. 사랑한다면 사랑해, 라고 말해요. 저희 부모님께서 대화하는 것 보면 답답해서 미쳐 죽어요. '여보 저를 사랑해요'라고 여자가 물으면 사랑해라고 답하면 끝입니다. 당신이 다 알잖아. 알면서 물어. 그런 표현은 구닥다리이고 상대를 실망시켜요. 여자는 사랑을 확인받고 싶을 때가 있어요. 그럼 확인시켜주면 되요. 사랑해라는 말이 얼마나 쉬워요. 빙글빙글 돌려서 동감이야, 미 투. 그딴 것 때문에 사랑이 진화되지 못해요."

"사랑학 강의가 명 강의시네요."

박수를 치면서 나이 어린 여자가 맞는지 다시 바라본다.

"이런 곳에서 살면 신인류가 만든 것을 즐길 수 없다는 단점은 없나요."

"네! 그렇게 생각할 수도 있지만 새로운 것에 적응하기 싫어하는 사람도 있거든요. 신기술이 발명한 첨단기기들을 다루지 못하니까 그런지도 모르지만 이렇게 사는 것이 행복한데 구태여 바꿀 필요를 못 느끼는 것이지요."

"선생님! 시대에 너무 뒤떨어지는 것도 좋은 것은 아니잖아요. 4차 산업혁명이 일어나고 있어요. 구 문명이 신문명으로 바뀌고 있어요. 세계 1등부터 5등까지의 기업들 보세요. 구글, 페이스 북, 아마존, 애플. 이런 회사들은 광고도 거의 안 해요. 사람들이 알아서 찾아 써요. 미래 준비가 필요해요. 스마트 폰에서 정보를 얻고 에어비앤비에서 숙소를 찾고 구글에서 검색해요. 페이스 북에서 연락하는 등 신문명인 4차 산업혁명 속에 끼지 못하면 노인 취급당해요. 신인류가 만든 것을 이용하지 못하면 후회하거나 도태되지 않을까요?"

"맞습니다. 하지만 젊은이와 늙은이의 차이가 꼭 그렇지만은 아니라고 봐요. 당신은 불행해 라고 말한다는 것은 본인 주관일 것입니다. 그들이 행복하다는데 남들이 평가할 수 없지요. 본인이 행복하다면 행복한 것입니다. 그렇게 살고 싶으면 살고 이렇게 살고 싶으면 사는 것입니다."

"선생님이 행복하시다면 할 말은 없네요. 생각의 다름을 인정합니다. 나이는 숫자에 불과한 것이지요. 나이 많다고 사랑하지 못할 것이라는 것도 편견이겠지요."

"네! 쉽게 이해하시네요. 틀린 것이 아니라 다름이지요. 쉽게 다름을 인정하는 태도가 최고의 교양인이라는데 오늘 최고의 인격자를 만났네요."

그녀를 바라본다. 첫인상부터 대단한 여자로 보인다. 가장 특별한 것은 예뻐 보인다는 것이다. 이렇게 아름다운 여자가 왜 여기까지 찾아왔는지 궁금증이 더하여진다. 거칠 것 없이 말하고 아는 것도 참 많다. 그녀가 이곳이 신비하다고 했는데 오히려 그녀가 더 신비하다.

"선생님은 산속에서 아주 외로운 시간을 맞이하면 무엇 하세요?"

"글을 씁니다. 아름다웠던 지난날의 추억이 외롭게 하지 않지만 또 꿈이 있잖아요. 좋은 글을 쓰고 싶다는 희망으로 노력하는 재미에 외로움을 모르겠네요. 정아님은 무엇 하세요?"

"저는 그림을 조금 그려요. 그림은 비싼 것이잖아요. 시간도 많이 걸리고요. 그런데 화가는 가난하다지요. 남들이 그렇게 말해요. 비싼 그림을 그리는 화가는 배고프다는 것이 아이러니에요. 저는 무명화가라 그러한지 불행하다고 생각해 본 적은 없어요."

"긍정적 마인드를 가지고 계시네요. 다른 사람들의 삶과 비교할 필요는 없지요. 다른 사람들의 삶이 실제로 어떠한지 결코 알 수 없지요. 다른 사람들이 어떻게 생각하는지는 신경 쓸 일이 아니지요. 비교하고 쓸데없는 것에 신경 쓰는 순간 행복이 사라질 수 있지요."

"선생님의 말씀에 동감입니다. 저는 가난해도 즐겁게 살아요. 화가 날 때는 타인에게 화풀이 안 해요. 신에게 화를 내요. 신은 화를 내어도 괜찮지요. 신은 그것을 받아줄 수 있으니까요."

"정아씨는 훌륭하시네요."

"가난하게 살아도 마음이 부자면 부자지요. 화가와 시인, 멋진 조합 같아요. 선생님! 배고파요."

도반처럼 말하다가 애기처럼 말하기도 한다. 이해할 수 없는 여자지만 점점 더 호기심을 넘어 유혹당하고 싶어 하고 있다. 솥에서 따뜻하게 찐 감자와 차를 꿀과 함께 내 놓는다.

"모두 자연산입니다. 제가 가꾸고 캔 것입니다. 드셔보세요."

"선생님! 짜장면은 없어요? 피자도 괜찮고요."

"네?"

"선생님은 참 순진하시네요. 의도적인 실수를 해본 거예요. 당황하는 선생님이 재밌네요. 자연산 감자가 담백하네요. 건강해질 것 같아요. 맛있어요."

그녀는 놀려놓고 깔깔대고 웃는다. 만나고 얼마 되지 않았는데 여유가 있다. 농담을 한다. 유머감각이 뛰어난 것일까?

운명이 결정되는 순간은 믿을 수 없는 순간에 일어나고 아주 사소할 수 있다고 한다. 무엇인가 소리 없이 일어나고 있음을 직감한다.

"선생님처럼 공해를 떠나 도시에서 멀리 살아야 한다는 지식인의 속마음이 어떠한지 궁금했어요. 저는 궁금하면 못 참아요. 선생님 같은 분은 어떠한 것에 유혹될까도 그려보았어요. 상상의 나래를 펴다가 일탈하고 싶었어요. 현재의 장소를 떠나는 용기가 필요하다는 기운을 받았어요. 현실을 떠나 여행가고 싶었는데 마땅하게 갈 곳은 없고 갑자기 선생님의 강의를 받으면서 선생님 사는 모습을 확인하고 싶었어요."

"무엇을 확인하려고요? 무슨 특별한 이유가 있나요?"

"네! 저는 싱글 족입니다. 홀로 밥을 먹고 홀로 잠을 자지요. 혼밥을 할 때는 옆자리에 누군가가 보이지 않는 칸막이 된 집으로 가지요. 홀로 여가시간을 보내는 것이 습관이 되었어요. 나 홀로 족이라고 남들은 부를 것입니다. 사회에 속해 있지만 그

누구와도 관계를 맺고 싶지 않습니다. 싱글 족은 오피스텔이나 원룸 등 일인 가구를 유지하지요. 선생님도 혼자 사신다하여 싱글 족의 삶이 저와 어떻게 다른지 확인해보고 싶었어요. 다른 제 또래의 여자들은 저와 똑 같거든요."

"무엇으로 확인하실지 하셔도 좋습니다."

정아는 허락을 득했으니 마음대로 하겠다고 말하고는 집을 한 바퀴 돌고 현관문을 열고 방으로 들어간다. 당돌하다. 남자가 무섭지 않을까? 세상이 겁나지 않을까? 의아해 하지만 전혀 기죽어 보이지 않는다.

"싱글 족들의 일반적인 현상과는 많이 다르네요. 쌓아놓은 옷가지도 없고, 책이 방만하게 어지렵혀 있지 않고 물건들도 있을 곳에 있네요."

"정아씨는 외롭군요. 사랑이 그립군요. 싱글 족이 되고 싶어서 된 것이 아니라 사랑을 이루지 못하여 싱글 족이 되신 것 같습니다. 저와는 다르네요."

20대 여자가 40대의 여자처럼 행동할 때는 더욱 이해되지 않는다.

"선생님은 나홀로 족 회원 자격이 안 되실지 모르겠네요. 삶의 신조가 무엇이에요?"

"산속에 혼자 살면서 몇 가지를 염두에 살고 있지요. 나이 걱정은 안 해요. 생각하면 슬퍼지잖아요. 과거에 대하여 후회하지도 않아요, 그러면 현재 삶이 피곤하거든요. 남들과 비교 감정이 없어요. 비교 함정이 불행의 시초더라고요. 개인주의자이지만 남들의 도움을 청할 때는 해요. 나중으로 미루기를 안 해요. 망설이면 두려움이 더 커져요. 강박증이 없어요. 항상 최고보다 최선을 선택하려 해요. 끝으로 막연한 기대감은 없어요, 미래를 만드는 것은 현재라고 생각하거든요. 이런 마음으로 살다보면 홀로의 삶이 불편한 것을 몰라요."

"선생님! 역시 멋있게 사시네요. 어른들은 가식이 많아요. 저도 더 어른이 되어도 선생님처럼 진실 되게 살고 싶네요. 오늘 잘 왔네요. 실망을 받으려고 왔는데 실망시키지 않네요. 결혼하지 않고 혼자 사시는 이유 한 개만 말씀해주세요."

"결혼과 독신은 동전의 앞뒷면과 같다고 봅니다. 앞면을 선택하면 뒷면은 저절로 따라와요. 결혼해보면 사랑과 소속의 욕구가 충족되지만 자유의 욕구를 잃게 되지요. 독신으로 살면 자유의 욕구가 충족되지만 사랑과 소속의 욕구가 충족되기 어려워지지요. 어느 것이 더 좋다고 말할 수는 없어요. 상황에 따라 이럴 수도 있고 저럴 수도 있지요. 현재는 설레는 사람이 없어서 혼자 산다고 보는 것이 답일 것입니다. 사랑하는 여자를 만나게 되면 결혼할지는 그때 고민해도 되는데 아직은 고민거리가 없네요."

갑자기 하늘에서 빗방울이 떨어지기 시작한다. 마당에 빗방울이 흔적을 남기고 있다. 비에 젖지 않도록 그녀를 방 앞마루로 안내한다. 숨을 곳을 찾는 동물처럼 신호 한 번에 기다렸다는 듯이 들어온다. 알 수 없는 여자다. 특히 다음 말에 넘어질 뻔했다.

"선생님! 저 오늘 여기서 하루 자고 가도 되지요? 방이 두 개니까 한 개는 제가 하루 신세질게요. 선생님은 믿어요. 하나님이 지켜주시기도 할 거구요."

"신이 정아씨 몸안에 있다면 신이 정아씨를 보호해 드릴 수 있겠지만 신은 저와 정아씨 사이의 공간에 있을 것 같은데 움직이면 잘 따라 다닐 수 있을지 걱정되네요."

"선생님! 상관없어요. 밤새 이야기 하고 선생님의 고견을 듣지 않으면 나중에 후회할 것 같아서요. 오랜 만에 대화가 통하는 남자와 만났다는 생각이 들어요. 다시 이곳에 온다는 것은 쉬운 일이 아니잖아요."

"정아씨는 오늘 밤 아무 일도 일어나지 않으면 큰일 날것같이 말씀하네요. 하긴 사람들은 낭만적인 환상을 좋아하지요. 비현실적이지만요."

"선생님! 이 밤은 계획된 것이 아니잖아요. 새벽이 밝아오면 낭만에서 깨어나야 한다 해도 헤어지기 전에 속삭였던 장소였다고 기억되는 것은 멋진 일일 것 같아요."

"정아씨 정말 어린 숙녀로 보이지 않네요. 세상 사랑 다해 보았던 여자 같아요."

"아니에요, 강의 듣는 것 싫어하는데 우연하게 선생님 강의를 듣게 되었어요, 아마 선생님 만나려고 신이 인도한 듯해요."

"영화보다 더 영화 같네요."

"선생님! 이 산이 마법을 부리나 봐요. 말로만 듣던 순간의 마법이 제게 일어나고 있어요. 어리석은 꿈일지, 단 하룻밤의 사랑일지 몰라도 재밌잖아요. 마치 그토록 찾던 사랑이 하늘에 떠 있는 듯해요. 진실 가득한 선생님의 눈은 저를 슬프게 하지 않을 것이라고 말해줘요."

"사랑은 선택인데 거절할 수도 있다고 생각해보지 않았어요? 아니면 사람들은 사랑 앞에서 가면을 쓴다는데 모두 순진하고 진실한 사람이라고 착각하다가 후회할 일을 서두르게 되면 어떻게 할 것인데요?"

"선생님! 참 걱정도 팔자네요. 제가 거짓말하기 싫고 진실도 말할 수 없으면 떠날게요."

"정아씨는 연애 수십 번 해본 여자처럼 말하네요."

"선생님! 그래서 연애해 보았던 이야기를 책으로 써볼까 생각 중인데 진한 연애를 해보지 못했는지 노력 중이네요."

"와! 재밌겠어요. 기대되어요."

"선생님! 그런데 초안을 써봤는데 꼭 들어가야 할 이야기는 빼게 되더라고요.”

“꼭 빼야하는 것이 무엇인데요?”

“진실! 진실.”

“네?”

“선생님! 각종 전시회가 모두 가짜요, 사기극인데 열광하지요. 진짜는 외면당하고요. 선생님은 하고 싶은 강의를 하는 등, 하고 싶은 일을 하고 있으니까 좋겠어요.”

“하고 싶지 않은 일을 하고 있지 않은 것뿐이지요.”

“선생님은 왜 결혼하지 않으세요?”

“글쎄요. 사랑하는 사람을 못 만났나 봐요.”

하늘이 맑아지고 있다. 산이 더 푸른빛이다. 신발을 신고 마당으로 나온다. 들뜬 가슴을 진정시키려고 두 팔을 흔들어본다.

“선생님과 나란히 걷고 싶어요.”

망설일 여유도 없다. 나의 손을 억지로 끈다. 강제로 잡힌 손인데 싫지가 않다.

“선생님 손을 잡고 있으니 기분이 야릇하네요. 선생님은 어떠세요?”

무엇이라고 대답해야 하는지 생각 중이다. 설렌다고 해야 하나? 가슴이 두근거린다고 해야 하나?

“나쁘지는 않네요.”

지금의 기분은 하늘을 날아갈 듯 하다고 말하고 싶은 것을 참는다. 솔직한 감정을 말하지 못하는 것이 습관일까? 잘나지도 못한 자존일까? 결혼할 것도 아닌데 이래도 되는 것일까 자문도 해본다. 연애주의자라고 하지만 한참 어린 여자와 데이트를 해도 되는 것일까? 홀린 것 아닌가? 아니다. 너무 오랜만의 두근거림이다. 유혹당해도 후회하지 않고 싶다.

"선생님! 무슨 생각을 그렇게 골똘하게 하세요."

"그냥."

걷는다. 집이 점점 멀어지고 있다. 더 깊은 산속으로 가고 있다. 새소리만 들릴 뿐 고요한 숲속이다. 손을 잡고 있다. 손에서 불이 나고 있다. 손을 잡았으니 다음은 키스를 해야 하는 것일까?

"재밌어요."

그녀는 무엇이 재밌는지 깔깔대고 웃는다.

"선생님은 저와 이야기 할 때 왜 눈을 맞추지 않고 말씀하세요?"

"그랬나요?"

"선생님! 저는 알아요. 눈을 보면 키스하고 싶을까봐 그런 거지요?"

어떻게 속마음을 알았을까? 손을 잡고 호젓한 곳으로 걸을 때부터 가장 고민하고 있었던 대목이다. 끌어안아도 반항할 것 같지 않았다. 그렇게 하기를 원하는 태도였다. 설레고 애틋한 감정이 가득했다.

"선생님! 저는 3분만 만나면 상대를 알아요. 이 사람이 나에게 호감이 있는지 없는지를 말이에요. 선생님을 제가 좋아하는지 선생님께서 못 느낄 수는 있지만 선생님이 저에게 호감이 가는지는 저는 알 수 있어요. 여자는 모성애가 있어서 정감을 느낄 줄 알거든요. 사랑과는 별개지만요. 결혼은 또 다른 문제고요. 선생님과 결혼할 여자는 좋겠어요. 결혼하고 단둘이서 연애하듯 살 수 있을 것 같아요."

환하게 웃는 모습이 예쁘다.

"선생님! 이곳이 제가 그렸던 천국이네요. 이런 곳에서 알콩달콩 살면 재밌겠어요."

"좋지요. 먹는 것도 산에서 채취하는 것이 좋고요. 밭의 작물은 풀 뽑아주고 병충해 막아주기 때문에 산의 풀처럼 살려고 노력하지 않아요. 길러서 먹는 것보다는 자연산이 약효가 더 좋지요. 물도 염소로 살균한 수돗물보다야 살균하지 않은 자연의 물이 더 좋고요. 산속 자연의 삶은 본향에서 사는 것이지요."

"선생님! 흥분하시나보다. 화제를 돌리시네요. 그런 것 말고 사랑 이야기 해주세요. 사랑은 찾아오는 것이 아니라 찾는 것이라는 제 생각 어때요?"

"인연은 찾아오는 것이 아니라 찾는 것이라는 말씀 멋있네요. 사랑은 교통사고처럼 맞는 것이 아니라 운명을 만드는 것이지요. 정아씨를 만나면서 정아씨 사랑 학을 알게 되었어요."

"선생님! 결혼은 평생이라는 말은 싫어요. 선생님도 결혼하면 평생 책임져야 한다고 생각하니 결혼하지 못하는 것 아닌가요? 3년만 책임진다든가, 5년 후에는 헤어질 수 있다든가, 그러한 것이 더 좋을 것 같아요. 죽을 때까지 사랑해야지는 연애하지 말라는 뜻 같아요. 결혼하여 60년 함께 사랑하며 살아야 한다는 것은 힘들잖아요. 사랑한다 해도 결혼 전에 모두 걸러낼 수 있는 영역이 아니잖아요. 같이 살다보면 예상하지 못한 환경이 될 수 있고 사람 마음대로 되지 않는 경우도 있잖아요. 이혼을 실패라고 생각하지 않아요. 어디 그런 생각을 품은 남자 없을까요?"

"정아씨는 결혼도 재미있는 게임으로 생각하시나 봐요? 저도 구속받는다면 결혼이 싫거든요. 하지만 사랑하는 사람을 만난다면 생각이 바뀌겠지만요."

"선생님은 삶을 생각하고 행동하려 해요. 사랑은 계산이 아니라 순간의 감정으로 연결된다고 봐요. 하여튼 선생님은 매력적이세요."

"어떤 점 말입니까?

"선생님은 여름이 좋아요? 겨울이 좋아요?"

"여름이 좋습니다. 왜냐하면 저는 마른 체격이어서 추위를 많이 탑니다. 여름은 산하가 푸르고 온갖 꽃들이 만발하고 이렇게 산책하기도 좋고 여름이 그래서 좋습니다."

"선생님의 장점이 바로 그것입니다. 다른 사람들은 여름, 또는 겨울이라고 말하면 끝이에요. 선생님은 단답식이 아니라 자상하세요. 리 액션이 좋아요. 상대방이 말하는 키워드를 포착해서 맞장구를 치고 토스해서 상대가 기분 좋게 하세요. 열정도 있고요. 배려심도 많아요."

"우리 사귈까요?"

"선생님과는 이미 그 단계가 넘었잖아요. 선생님은 거짓말을 하지 못하나 봐요? 거짓말을 하면 할 때마다 코가 피노키오처럼 쭉쭉 길어지는데 선생님 코는 변하지 않잖아요?"

당돌하다. 유머를 적당하게 섞어서 말하는 기술이 놀랍다.

그녀가 꽃 한 송이를 따서 내게 내민다.

"눈을 감고 꽃향기를 맡아 보세요."

그녀가 꽃을 코에 닿게 한다. 눈을 감은 것을 확인하고 내 입술에 가볍게 입맞춤한다. 깜짝 놀라서 눈을 뜬다. 그녀의 입술이 아니라 꽃을 든 다른 손일지도 모른다는 생각을 왜 하는지 모르겠다. 그녀는 아무렇지 않은 듯 웃고 걷는다. 아예 팔짱을 꼭 끼고 걷는다. 키스를 했으니 다음은 포옹인가? 함께 눕는 것인가? 연애를 즐기고 있는 것일까? 설렘이 끝나면 결혼하자고 달려들까?

"선생님! 제대로 연애해 볼 생각은 없으세요?"

제대로가 무엇일까? 육체적인 연애까지 해야 제대로 된 연애일까?

"연애의 행방은 아무도 몰라요. 어디로 갈지 모르기에 흐름에 맡겨야지요."

"선생님! 손잡아 보면 궁합이 맞는지 안 맞는지 안다고 했어요."

손잡아 보면 궁합이 맞는지 안다면 키스하는 것은 확인인가? 설렘은 맞는데 그러면 지금 연애하고 있는 것인가? 몇 십년 차이의 여자다. 잘 알지도 못한다. 사실상 첫 만남인데 진행 속도가 너무 빠르다. 당돌하고 너무 적극적이라 겁이 난다. 아냐, 지나친 착각이다. 순수한 감정으로 딸이 아버지 대하듯 하는 것인데 상상하지 말자. 행복한 감정 속에 복잡한 머리회전으로 휘청거릴 뿐이다. 집에 돌아왔다. 평상마루에 잠시 앉는다. 그녀는 가만히 있지 못하는 것일까? 기분이 업 되어서 그럴까? 여기저기 관심이 많다. 열린 방 안쪽의 그림을 보면서 여자가 호들갑이다.

"어머! 선생님도 이 그림을 좋아하시나 봐요? 이 그림이 요하네스 페르메이르가 그린 '진주귀걸이를 한 소녀'지요? 신비로운 그림은 화가의 상상력을 동원해서 만들어낸 인물상이겠지만 이 그림은 아름다우면서 슬퍼요."

"정아씨는 그림에 조예가 깊으신가 봐요? 제목과 화가의 이름을 단번에 알면서 평론하는 사람을 본 적이 없어요. 정아씨는 모르시는 것이 이상할 정도로 해박하시네요. 존경스럽네요."

"선생님! 저를 놀리시는 것이지요? 제가 이 그 림을 좋아하는 이유는 이 그림을 볼 때마다, 사랑이 간절한데 어쩔 수 없는 경우 이 소녀를 생각하며 마음을 달랬던 적이 있거든요. 이 그림은 독특한 매력이 있어요. 깊은 고독감에다가 홀로 사랑해야 할 수밖에 없는 눈빛이 보여요. 혀는 거짓말 할 수 있어요, 몸은 연기를 할 수 있어요. 그러나 눈빛은 진실과 가까워요. 제 눈빛도 누군가에게 악한 여자로 발견될까봐 두려운 적도 있어요. 눈빛을 통해 진실함이 밖으로 흘러나오지요. 눈빛을 읽는 것은 그 사람의 전부를 읽는 것이라고 생각해요. 어떤 눈빛과 눈빛이 만나면 스파크가 일어나요. 그림 속의 눈빛 같은 마음의 흐름이 같은 사람이 있을까 그려보았어요. 저는 오늘 제가 바라는 저와 똑같은 눈빛을 보았어요. 어쩌면 이번 생애는 찾은 그 눈빛을 몇 번이고 더 만나기 위해 살지도 모르겠어요. 사랑만큼 실패와 어울리지 않는 단어는 없는 것 같아요. 사랑은 그 자체가 기적이잖아요. 사랑에는 실패가 없어요. 사랑의 기적은 쉬지 않고 일어났으면 해요. 고통이요 아픔이라도 사랑만큼은 그래야 한다고 생각해요."

"정아씨는 끝까지 감동을 주시네요. 정아씨가 자꾸 마음에 들면 어떻게 하는 것일까? 자문하게 되네요. 가장 빛나는 흔적은 사라질 수가 없겠지요. 오늘처럼 좋은 날은 말입니다. 하지만 삶의 굴곡 아래서 사랑의 약속은 희미해지기도 하고 사랑의 마음은 닳아 버리기도 하지요. 사랑의 약속은 삶의 흐름 앞에서 허무할 수가 있지요. 그래서 저는 사랑이라는 단어를 쓰기가 힘드네요. 인생은 늘 아슬아슬하고 험난해요. 그래서 한 번 도전해보고 싶은 거지요. 살아남는 인생이 더 고귀한 이유이기도 하고요. 아슬아슬한 인생 품위 있게 살아야지요. 사랑도 멋있게 하고 싶고요."

그녀가 내 눈을 바라본다. 눈빛과 눈빛이 마주쳐서 별이 되어 하늘로 날아간다. 오늘 밤에는 별이 되어 세상 구경 다할 것이다. 하늘이 뜨거워진다.

아침이다.

"선생님! 선물은 마음에 드셨어요?"

"가지고 온다는 선물이 무엇일까 궁금했는데, 아직 못 받았잖아요?"

"아휴! 선생님은 답답하시네요. 제가 바로 선물이잖아요."

"아! 네!"

그녀가 가겠다고 일어선다. 5분만 더 있다가 가면 안 되냐고 물었다. 피식 웃는 모습만 보였다. 헤어지고 싶지 않은 사람과 5분 타임은 너무 짧다는 것을 알았다. 하루, 아니 한 시간만 더 있다가 가라고 말을 못했을까? 당연히 떠날 사람인데 짧은 시간도 의미를 부여하면 시간의 가치가 달라지나보다. 간절함이 만들어 내는 집중력일까. 10분 정도 그녀가 가방을 확인하다가 떠났다. 첫사랑을 못 잊어서 결혼하지 못하고 있다고 말한 그녀가 되돌아간 것이다. 선생님처럼 다정한 분과 데이트해보니 더욱더 첫사랑의 남자가 그립다고 말한 것이 떠오른다. 몇십분 동안 그녀의 눈물을 닦아 주느라고 지난밤을 보내기도 했던 밤이 기억난다. 울어보지 못한 사랑은 사랑을 해보지 못한 것이다. 울어본 사랑이 있었는가. 그녀와 심도 있는 대화를 많이 나누었다는 것이 놀랍다. 그녀의 솔직한 고백이 밉지 않았기 때문이다. 첫사랑의 남자는 늑막염에 걸렸었는데 폐주위에서 주사로 물을 뺀다고 하다가 패혈증으로 갑자기 죽었다고 한다. 유명한 종합병원에서도 실수가 있다고 한다. 며칠 입원 후 퇴원할 것이라고 의사도 말했다는데 죽어서 퇴원했다고 한다. 그 후로 남자들 만나기도 싫고 사랑의 감정도 메말랐다고 하는데 이 산속에 마법이 흐르는지 선생님이 마법사인지 사랑의 감정이 되살아나고 있음을 확인했다고 말한다. 하여튼 그녀는 아침에 떠났다. 다시 돌아올지는 모른다. 다시 돌아온다

해도 어떻게 대해야 할지도 결정된 것은 아무것도 없다. 운명은 사랑처럼 기다리는 것이 아니라 찾는 것이다. 궁합이 맞는다는 말이 틀린지도 모른다. 사랑은 노력이다. 입술을 손가락으로 만져본다. 연애의 행방은 아무도 모른다. 바로 당신처럼.

|7|

# 풀 심는 우리

# 풀 심는 우리

우리 농장은 광덕 산 산골짜기에 있는 작은 밭이다. 700평방미터(약 210평 정도) 남짓한 밭을 우리 농장이라고 부른다. 남들은 우리 농장이면 자기 농장인 줄 안다고 워리 농장이라고 부르는 사람도 있다. 이름을 바꾸면 좋겠다는 충고는 받아들일 수 없지만.

남들이 우리 농장이라고 부르건 워리 농장이라고 부르건 우리에게는 아무 상관없는 그네들의 문제이다. 매일 아내와 둘이 우리 농장을 가꾼다. 농장을 한 바퀴 도는데 몇 분이면 충분하지만 이곳에 있으면 세상 모든 걱정이 없어진다. 이곳에서는 새소리와 물소리만 들린다. 어쩌다 이곳에 오는 사람들은 어떻게 이곳까지 왔는지 의아스러워한다. '자연에 살다' 텔레비전 촬영지보다 더 험악한 산속이라고 말한다. 큰 도로에서 자동차로 비포장도로를 덜컹거리며 3킬로미터를 오른 후에 도로가 끝나는 부분부터 걸어서 1킬로 좀 넘게 걸어와야 우리 농장이다.

오늘은 밭의 풀을 뽑는 날이다. 꽃밭, 상추, 열무. 호두나무, 매실나무, 등 사이에서 잡초를 뽑아낸다. 야생풀들은 참 억새다. 호미로 파서 잡초를 캐내어 버린다.

“아니, 여보! 또 풀을 심는 거요?”

아내가 잡초를 뽑아 놓으면 우리는 열심히 돌아다니며 산비탈에 심어놓고 온다.

“꽃나무와 잡초의 구분이 당신 기준 아니오? 목장에서 풀을 키우고 있다면 꽃나무들은 잡초가 되는 것이고, 꽃을 키우고 있다면 풀은 잡초가 되는 것뿐이요. 다들 살자고 태어난 것인데 죽이는 것은 미안하지 않소?”

“그렇다고 뽑아놓은 잡초를 다시 심어 놓고 와요?”

“누군가 심어 놓지 않으면 풀은 죽어요. 불쌍하지 않소?”

밭의 일부에 40평방미터 정도 꽃밭을 만들어 놓았다. 우리 정원이라고 말하는 꽃밭에 풀들이 잘 자란다. 식물은 함께 있는 것만으로 마음이 평온진다. 정원 손질이 일처럼 느끼지 않도록 하다 보니 꽃과 잡초가 엉켜 자란다. 그것도 아내는 마음에 들지 않는 모양이다. 가끔 오면서도 잔소리가 많다. 올 때마다 몇 시간 동안 일만 하다 간다. 하루 20분 일 하고 10시간 놀다 가면 안 되냐고 항변하지만 소용없는 말이다. 걷는 것을 좋아 한다면 이곳에 와서 산책이나 하다 가면 좋겠는데 일만 하다 가는 것이 이해할 수 없다. 기분 전환되는 산책이 얼마나 좋은가? 도시의 아파트에서 살다보면 기분이 우울해지는 것 같다. 몸을 산속에서 움직이면 신기하게도 긍정적인 생각이 떠오른다. 기분 좋은 햇볕을 쬐면서 부정적인 생각을 하기가 더 힘들다. 바람이 불어온다. 걸으면서 앞으로의 일이나 어제의 일을 정리한다. 나답게 살아가는 귀중한 시간이다. 걷기 싫으면 명상하면 된다. 새소리 물소리 듣고 있으면 불필요한 잡념이 바람처럼 없어진다. 이곳은 축복받은 곳이다. 근처의 산으로 산책하자고 하면 아내는 밭일 다하고 가자 말한다. 결국 등산은 하지 못할 때가 더 많다. 우리 농장 근처는 일상을 벗어나 기분 전환하기에 최고인 곳이다. 계절의 변화를 느낄 수 있다.

테라스에서 마시는 커피 맛은 가장 즐겁다. 자연에서 맛보는 커피는 무엇과도 비교할 수 없는 정말 최고의 맛이다. 이런 행복을 느끼고 싶어서 우리 농장에 온다. 들꽃의 아름다운 모습에 넋을 잃고 바라보는 것은 덤이다. 수확을 얼마나 할 것인가? 과일을 따 먹으면 얼마나 될 것인가? 그런 생각은 조금도 없다. 수익을 목표로 우리 농장을 가꾸는 것은 아니다. 그런데도 아내는 오기만 하면 일거리만 보이나보다. 하긴, 말만 우리 농장이지 밭도 아니고 산도 아닌 엉망진창으로 보일 것이다.

돌을 들으니 개미들이 많이 나온다. 개미들이 움직이는 것을 무심히 바라본다. 작은 언덕 오르는 것을 힘들어 하는 듯하여 손으로 길을 내준다.

"하는 일을 도와주지는 못할망정 장난이나 해요? 마음대로 해요? 안 해."

아내는 신경질적인 소리를 지르고는 호미를 팽개치고 계곡 냇가로 간다.

아내가 뽑아놓은 풀들을 슬그머니 내려놓고 아내를 따라 냇가로 간다. 물소리가 청아하다. 우리 농장 근처에 일 년 내내 흐르는 물이 있다. 송사리 몇 마리가 한가하게 놀고 있다. 다슬기 한 마리를 돌에서 떼어 내여 손 위에 올려놓는다. 죽었는지 움직이지 않는다. 다시 물속 바위에 올려놓는다. 다슬기가 움직인다. 다슬기마저 나보다 더 현명한가보다. 아내가 다슬기 몇 개를 손으로 잡는다.

"다슬기 잡지 마!"

"다슬기 기름 짜서 당신 먹여줄려고 그래요. 다슬기 기름이 간에 아주 좋다고 그래요."

"다슬기도 생명이야. 다슬기 기름을 짜서 내 건강이 좋아질 수는 있을지 몰라. 그렇다고 살아 움직이는 다슬기를 죽여. 우리가 천국에 갔을 때 다슬기가 이렇게 말할지 몰라. 당신이 나를 끓여먹었지?"

"농담 그만해요. 세상을 지금까지 어떻게 살았는지 당신이 의심스러워."

토닥토닥 말싸움 하면서도 아내는 그런 남편이 없으면 심심할 것이다. 남편 또한 아내가 없으면 외로워서 못살 것이다.

"풀과 다슬기는 없어도 당신 없으면 못살아! 당신이 꼭 필요한 사람이야."

"아휴! 또 입만."

개구리가 바위에 앉아있다. 얼마 전에는 뒷다리만 있었는데 앞다리까지 나왔다. 자세히 보니 꼬리까지 없어졌다. 한꺼번에 생기는 것이 아니라 꼬리, 뒷다리, 앞다리 생기기, 꼬리 없어지기 순서로 올챙이가 개구리가 된다. 계곡에서 수천 마리의 올챙이들이 숲으로 돌아가고 있다. 엄마 개구리를 찾아가고 있을까? 사랑 찾아 떠나는 것일까? 아주 작은 개구리들이 개울에서 숲으로 들어가는 모습은 장관이다. 큰 바위에 붙어 있는 개구리들이 귀엽다.

"여보! 올챙이들이 모두 개구리 되었네요. 신기하지요?"

"보고 있어. 개구리들도 새로운 말동무 찾아 떠나는 모양이야. 단체 패키지 여행자처럼 보이네."

개구리들도 사랑이 그리울 것이다. 한배에 태어난 형제자매끼리에서 새로운 사랑을 찾아 떠나고 있을 것이다.

냇가에서 물소리가 속세의 모든 시름을 잊게 한다. 어린 소년 소녀가 되어 물장구친다. 바위에 붙어 있는 수백 마리의 개구리와 새들이 우리들을 구경하고 있다. 이곳은 새 소리와 물소리만 들리는 새로운 세상이다. 자동차 소리, 개 짖는 소리는 들리지 않는다. 개를 키우고 싶어도 개 소리가 들리면 살지 못하게 하겠다는 아랫마을 이장의 엄포 때문이다. 한때 이곳에 개들 사육장이 있었나보다. 개 소리 때문에 동네 사람들이 많은 고통을 받았나보다. 개를 사육하면 진입로에 경운기를 가져다 놓겠다는 연설을 들어야 했었다. 개를 싫어하는 속마음을 억지로 표현하지 않으면서 '네네' 하고 약속했었던 기억이 있다.

따로 따로 왔던 냇가에서 아내와 손을 잡고 농막으로 돌아온다. 3분 거리의 냇가와 농막 사이가 너무 짧다는 느낌을 받는다.

이곳은 고요하다. 10분 이상 내려가면 몇 가구의 농촌 마을이 있지만 교통이 불편해서일 것이다. 오가는 사람들을 찾아보기 힘들다. 가끔 산삼을 캐러 가는지 봄가을로 몇 명의 사람들만 볼 수 있을 뿐이다.

"사람들은 왜? 우리 농장을 우리 농장으로 부르지 않나 몰라. 이렇게 매직 팬으로 우리 농장이라고 팻말 해놓았는데도 말이야."

"농장 같아야 농장이라고 부르지요. 이렇게 초미니 밭도 농장이라고 해요?"

"이렇게 예쁜 컨테이너 농막을 사람들은 움막이라고 부르는 것도 마음에 안 들어."

"당신 눈에만 예쁜 농막이지 움막이 맞네요. 전기 없지요. 화장실 없지요. 수도 없지요. 우물이나 펌프도 없지요. 없는 것 말고 다 있는 것이 아니라, 있는 것이 없고 없는 것만 있으니 움막이라고 하지요."

"점심 먹자. 배고프네."

좋은 말만 듣고 싶은 상황이라 말을 끊고 김밥을 꺼낸다. 아침에 시내에서 사가지고 온 김밥이다. 장아찌와 오이 넣어 만든 야채 김밥이지만 산속에서 먹는 맛은 가히 일품이다. 그 어떤 뷔페보다 더 맛있다. 무엇인가 먹을 때면 곁으로 다가오는 산새들에게 먹이를 주면서 먹는 것은 신선놀음이다.

"우리 씨! 그렇게 다 던져주면 무얼 먹어요?"

아내는 남편의 이름을 우리 씨라고 부른다. 우리 별명이 봉우리인 것을 우리 씨가 싫어하지 않는 까닭이다. 어린 시절 산봉우리 꼭대기 집이 우리네 집이었다. 친구들은 산꼭대기 집에 산다고 산봉우리라고 했다가 길다고 생각했는지 봉우리라고 했다. 이런 저런 이유로 아주 작은 밭을 가꾸면서 우리농장이라고 팻말을 붙여 놓았던 것이다.

새들이 너무 많이 몰려와서 어느새 김밥이 다 없어졌다. 내 입맛과 새들의 입맛이 비슷한 모양이다.

꽃들이 만발했다. 하양 노랑 빨강 꽃들이 화단을 수놓고 있다. 꽃들을 보고 있으니 그녀가 생각난다.

우리 씨는 이 산속에서 책 읽고 명상하는 것이 취미다. 밭에 풀이 나건 꽃이 피건 관심 없다. 졸리면 잠을 자고 배고프면 먹는 것으로 만족하는 사람이다. 컨테이너 안에는 매트리스가 깔려 있고 얇은 이불도 마련되어 있다. 아내는 여행을 좋아한다. 일 년의 반은 여행을 한다. 아내가 멀리 여행간 날의 이곳은 우리 씨의 왕국이 된다. 밤에는 도시의 우리네 아파트에서 잠을 잘 경우가 많지만 이곳 농막은 은밀한 유혹의 장으로 변신하게 만든다. 농막 주위에 있는 꽃들은 그녀가 가져온 것이다. 아내가 물었을 때에 오해할 일을 만들기 싫어 꽃집에서 마음에 드는 꽃들을 사다가 심어 보았다고 둘러댔지만 사실은 그녀가 올 때마다 몇 그루씩 심어 놓고 간 것이다. 아내는 내가 바람피우지 못한다는 것을 안다. 전립선비대증을 앓고 난 후에 수술 부작용으로 부부관계가 되지 않는 다는 것을 누구보다도 더 잘 알고 있기 때문이다.

아내가 소리친다.

"무슨 생각을 하느라고 못 알아듣는 거요?"

"뭐? 무슨 말을 했어?"

"바나나 먹어봐요. 참, 내일부터 일주일간 제주도에 갈려는데 별일 없겠지요?"

듣던 중 반가운 말이지만 조심스럽게 말을 이어간다.

"응, 그럼, 친구들과 한라산 둘레길 걸으려는 모양이지?"

"올레길 6번부터 11번 코스까지 매일 한 구간씩 돌아보려구요."

"그래, 이곳은 잘 지킬 것이니 신경 쓰지 말고 조심히 다녀와."

자주 여행가는 날이 많아서 식사 문제 등 스스로 해결하며 살았던 날이 오랜 세월이었기에 아내는 스스럼없이 다녀오곤 했었다. 속으로 쾌재를 부를 것을 눈치 채지 않도록 입술을 깨물며 새들아 먹어라 하면서 바나나 끝부분을 있는 힘을 다하여 멀리 던졌다.

노년에는 말할 친구가 필요하다. 남편보다 훨씬 젊은 아내는 여행을 자주 가기 때문에 대화의 단절이 많다. 아내가 없을 때 틈새시장이 필요하다.

이런 우화가 생각난다. '어느 날 노인이 개구리 한 마리를 잡았는데 개구리는 이렇게 말했다. "키스를 해주시면 저는 예쁜 공주로 변할 거예요." 그런데 이 말을 들은 노인은 키스는커녕 개구리를 주머니 속에 넣어 버렸다. 개구리는 깜짝 놀라 "키스를 하면 예쁜 공주와 살 수 있을 텐데요. 왜 그렇게 하지 않지요?" 하고 물었다. 그랬더니 노인은 "솔직히 말해 줄까? 너도 내 나이 되어 보면 공주보다 말하는 개구리가 더 좋을 거야."라고 대답했다. 친구가 귀해지는 은퇴시기에는 이야기 할 상대가 더욱 중요해진다. 노인이 예쁜 공주보다 주머니 속에 늘 지니고 다닐 수 있는 말하는 개구리를 선택한 이유가 여기에 있다. 그리스 철학자 에피쿠로스는 "한 사람이 평생을 행복하게 살아가기 위해 필요한 것 가운데 가장 위대한 것은 친구다."라고 말했다. 주어진 삶을 멋지게 엮어가는 위대한 지혜는 우정이다. 신은 인간이 혼자 행복을 누릴 수 없도록 만들었다. 행복은 친구가 있는 사람만이 누릴 수 있는 특권이다. 주위 사람들과 이웃하고 살아야 인생이 훨씬 아름답다.

우리 씨는 그녀가 친구다. 그녀는 아랫마을 기도원에서 돌보미로 일하는 여자다. 모자를 깊게 눌러쓰고 농막을 거쳐 산길을 오르는 일이 일상의 산책인 모양이다. 농막에서 100미터 떨어진 위에 돌을 가져다가 의자를 만들어 놓았다. 명상 터로 전망 좋은 곳에 벤치 만들어 놓자고 우겨서 만든 것이지만 사실은 그녀가 산책할 때마다 쉬었다 가라고 만들어놓은 비밀 의자인 것이다. 농막 옆에 합판으로 테라스를 조그마하게 만들어 놓았다. 테라스에 의자와 테이블이 있으면 아내와 둘이 있은 것이고 없으면 나 혼자 있는 것이라는 것을 그녀는 아는 모양이다. 어떻게 멀리서 알고 오는지 테라스에 아무것도 없을 때만 그녀는 농막을 찾는다.

그녀와 깊은 대화를 나누지는 못했지만 20대 후반의 미혼여성으로 보인다. 젊은 여자가 왜 혼자 사는 느낌을 주는지는 묻지 않았다. 그녀는 수행의 길에 대하여, 명상의 즐거움에 대하여 가끔 말한다. 그녀가 말할 때, 나는 그녀의 말소리보다 그녀의 숨소리를 더 자세히 들으려 노력한다. 그녀의 입술이 열릴 때마다 그녀의 입술을 보지 않으려고 노력도 한다. 그녀의 수행자의 삶을 내가 깨고 싶지 않기 때문이다. 사랑하지 않으려고 노력도 한다. 사랑할 수도 사랑해서도 안 될 사람이라고 나를 채찍질한다. 나는 예술가의 삶과 자연에 대하여 주로 말한다.

그녀는 노래를 아주 잘 부른다. 애창곡이 베사메무쵸다. 최근에 만날 때마다 부르는 노래는 한결같다. 원어로 부르는 곡은 정말 잘 부른다.

상대가 베사메무쵸의 가사를 모른다고 생각해서일까? 아니면 그녀가 베사메무쵸의 가사를 모르는 것일까? 가사의 내용을 다시 새겨본다.

저에게 키스를 해주세요. 저에게 키스를 많이 해 줘요.
오늘이 마치 마지막인 것처럼 요
내게 키스를 해 주세요 나에게 키스를 많이 해 줘요
그대를 잃을까봐서 나는 두려워요

앞으로 그대를 잃을까봐 두려워요
매우 가까이 그대를 갖고 싶습니다.
그대의 눈 속에서 나를 바라보고 싶고
매일 그대 곁에 있고 싶어요.
생각해봐요, 아마도 이미 내일의 나는 멀리 있을지 몰라요
이곳에서 멀리
저에게 키스를 해주세요. 제게 키스를 많이 해줘요
오늘이 마치 마지막인 것처럼 요.
저에게 키스를 해주세요. 저에게 키스를 많이 해 줘요.
그대를 잃을까봐 두려워요 지금 이후로 당신을 잃을까봐

그녀가 올 때마다 우리 씨는 흔들리는 꽃이 된다. 그녀의 수행을 깨뜨리느냐. 아니면 우리의 명상을 스스로 깨트리느냐로 갈등이다. 속으로 불을 끄려고 얼마나 노력하는지 모른다. 이것이 수행이고 명상해야할 조건이라면 참겠다고 다짐한다. 그녀는 키스해달라고 애원하지 않는지도 모른다. 우리 혼자의 판단으로 그녀가 유혹하고 있다고 생각하는지도 모른다. 우리 씨는 항상 근엄한 척하며 자연과 예술에 대하여 말하고 그녀는 명상의 방법이며 수행자의 길에 대하여 말한다. 지루할 것 같은 서로의 대화가 흥미로운 것은 그녀가 말할 때마다 가슴이 콩닥콩닥 뛰어서 그런지도 모른다. 그렇게 그녀는 농막 테

라스에서 놀다 간다. 아직까지는 신체의 접촉은 하지 않고 있지만 언제 둑이 무너질지 흔들린다. 쿠바를 갔었을 때이다. 아바나 시내 어디가든 베사메무쵸를 들을 수 있었다. 멕시코 작가가 쓴 작품이고 멕시코 앞 나라가 쿠바여서일까? 베사메무쵸를 부르며 춤을 추며 흥겨워하는 쿠바 사람들을 수시로 보지 않았는가? 함께 베사메무쵸를 부르며 춤을 추던 기억을 생각하면 가사처럼 유혹의 내용이 아니라 음악자체로 받아들여야 하는 지도 모른다.

"신이여! 어찌 이렇게 혹독한 시험을 하시나이까?"

기도 제목이 반복된다.

아침에 아내가 제주도 여행을 떠났다. 공항까지 배웅해주었다. 아니다, 아내가 확실히 제주도로 갔는지 확인하고 돌아온 것이다. 곧장 이곳 우리농장으로 직행했다. 방안을 정리정돈하고 깨끗한 물을 한 양동이에 담아 놓았다. 테라스에 명상의 자세를 하고 앉았다.

그녀가 오기만을 기다린다. 농막 앞에 아주 큰 호두나무가 있다. 낫을 들고 가서 멀리까지 보이도록 가지를 친다. 그 옆에 있는 칡넝쿨도 자르고 풀도 베어버린다. 좀 더 일찍 그녀를 보기 위함이다. 테라스에 앉았다. 명상이 되지 않는다. 책을 꺼내 든다. 책의 글자가 읽혀지지 않는다. 눈을 감는다.

바스락 소리가 들린다. 그녀인줄 알고 번쩍 눈을 뜬다. 다람쥐다. 먼 산을 바라본다. 미세먼지가 도시에만 있다는 것을 이제야 알았다. 이곳은 청정지역이다. 파랑과 맑은 공기뿐이다. 이곳 공기를 한 봉지에 100원씩 팔 수 없을까? 별 쓸데없는 망상을 한다. 눈을 감는다. 그녀에 대한 상상의 나래가 엉뚱하게 진행된다.

"할아버지! 무슨 생각하고 계세요."

언제 왔는지 그녀가 앞에 있다.

"응! 내 앞에 있는 세상에서 가장 예쁜 소녀 생각하고 있었지요."

"저, 소녀 아니에요. 알 것 다 아는 20대 후반이라고요."

"할아버지라고 말했나? 이왕이면 아저씨라고 불러요."

"네! 선생님이라고 부르지요. 할아버지, 선생님!"

나이 차이가 40년 차는 되어보이므로 할아버지라고 불러도 탓할 수 없다.

"천사님은 무엇이라고 부르는 것이 좋아요?"

"기도원에서는 저를 김 사거님이라고 불러요. 선생님 편하신 대로 불러주세요."

두 달 전 일이다. 혼자 차를 타고 농막을 향하고 있었다. 큰 도로에서 비포장도로로 막 진입하고 있는데 양손에 아주 무거운 것을 들고 오르는 여자를 발견했다. 세상 무서운 사람들이 많다고 생각하여 그냥 지나치다가 백미러에 비친 그 여자의 간절한 소망을 느꼈는지 자동차를 멈추고 말았다. 문제없다고 말하는 그녀의 짐을 트렁크에 실었다. 타는 것이 두려우시면 짐만 어디까지 옮겨야 하는지 말씀하시면 된다고 말했던 것으로 기억된다. 이 길은 막다른 길이라는 것을 그녀도 알 것이라고 생각되었다. 위험인물이기에는 너무 늙었다고 판단해서일까? 그녀는 잠시 머뭇거리더니 차에 탑승했다. 그녀가 근무한다는 기도원까지 함께 간 사연이다. 우리농장 1킬로미터 전에 기도원이 있는 줄 몰랐다. 하루 평균 10명 정도 수행하러 온다고 말한다. 기도원에서 10분 산 쪽으로 올라오면 우리농장이 있는데 그곳으로 시간되면 놀러 오라고 말했을 것이다. 다음 날 그녀가 꽃 몇 그루 가지고 올라왔었다.

그녀가 올라 온 첫날에 꽃과 나무 이야기를 많이 하였다.

"이것은 뽕나무입니다. 왜 뽕나무라고 이름이 붙여진 줄 아세요?"

"몰라요, 알려주세요."

"뽕나무 열매를 오디라고 해요. 오디를 먹으면 소화가 잘되지요. 그래서 오디를 많이 먹으면 뽕하고 방귀가 경쾌한 소리를 내며 나오지요. 그래서 뽕입니다."

"진짜요?"

"그 옆에 있는 느티나무는 왜 느티나무라고 이름 붙여진 줄 아세요?"

그녀가 올 것을 생각하여 재미있는 것을 몇 개 골라 미리 준비한 것을 그녀는 모를 것이다.

"느티나무는 아주 늦게 자라요. 몇 년 자라야 나무 티가 나요. 늦게 티가 나는 나무라고 늦티나무라고 했다가 그 말을 쉽게 부르기 위해 느티나무라고 했지요. 하나 더 이야기 해줄까요? 단풍잎도 예쁜 고로쇠나무가 있지요. 뼈에 좋다는 골리수나무를 부르기 쉽게 고로쇠라고 한다는 설과 경험이 많고 옛일을 잘 아는 도사를 고로라고 하는데, 쇠는 눈비를 가려주는 나무를 말하거든요 생명수인 고로쇠를 주는 등 그래서 사람들을 이롭게 하는 나무라고 해서 고로쇠라고 했다는 설 두 가지입니다."

"꼭 이야기를 만드시는 것 같아요. 아님 나무 박사세요?"

"무슨 나무나 꽃을 좋아하세요?"

"저는 목련이 좋아요."

"목련은 나무에서 피는 연꽃이라는 뜻이지요. 잎보다 꽃이 먼저 피지요. 상사화지요. 남모르는 무슨 사연이 있는 꽃이지요. 목련의 꽃말은 이루지 못할 사랑이지요. 고귀함이라고도 하지만 왜? 비바람 한 자락에 허무하게 떨어지는 목련을 좋아하시게 되었나요?"

"와! 모르시는 것이 없네요. 신 같아요. 멋있어요. 누구든 존경하고 사랑하고 싶어 할 것 같아요."

"처음 자동차에서 만났을 때는 몰랐어요. 꽃을 가지고 오셔서 자세히 보니 천사가 왕림했는지 몇 번이나 확인해보았다니까요? 예쁘게 생기셔서 수많은 사람들을 울렸겠어요?"

"저는 사람들과의 사랑이 겁이나요. 진실한 사랑이 없나 봐요. 제 몸만 원하는 육체적인 사랑임을 알고 다 버렸어요. 사랑한다고 달려들었던 사람들이 미워지더라고요. 이제는 남을 돕고 홀가분한 순수한 사랑이 그리워요. 이제 사랑하던 남자친구는 다 헤어졌어요. 정신적인 사랑이랄까? 편안한 사랑 그런 것 있잖아요? 인생에 마지막 사랑을 해 볼 기회가 생긴다면 진실성 있는 사랑을 해보고 싶어요."

"상대에게 사랑을 바라기 때문에 그 사람이 미워졌겠지요. 이 숲이 나를 좋아하지 않는다고 이 숲을 미워하지 않아야 하는 것처럼요. 바라는 마음이 괴로움의 근원이지요. 저는 다 잊고 곱게 늙어가고 싶어요. 어떻게 하면 더 얻을까 이길까 머리로 생각하는 것을 내려놓고 조용히 살고 싶습니다. 이제는 가슴으로 살고 싶어요. 아름답게 나이 든다면 행복하겠지요."

"선생님 말씀이 맞아요. 사람을 판단할 때 예쁨보다 그 얼굴에 나타나는 빛깔과 느낌이 더 중요한데 선생님은 얼굴이 밝고 빛나요. 마음이 밝으면 얼굴도 밝다고 하지요. 이는 행복하다는 증거라지요. 미소와 웃음이 가득하신 서생님은 다른 사람에게 편안함을 주어요. 아! 완벽한 삶 없을까요?"

"육체와 정신적인 사랑이 합하여야 완벽한 사랑이 되듯, 그렇게 사랑하든지 모두 내려놓고 마음을 비우든지 한쪽을 택해야겠지요."

"선생님! 여기 이상하게 생긴 나무에 대하여 말씀해주세요."

화제를 바꾸고 싶은지 그녀는 아기처럼 방긋 웃더니 테라스 옆에 있는 나무를 쓰다듬으며 웃고 있다.

"자연은 모든 병을 치유해주지요. 나무들 보세요. 나무들이 피톤치드를 내뿜어서 그것을 마시는 사람들은 건강해지는 것이지요. 이 사람도 간이 안 좋았는데 이곳에서 몇 달 생활한 지금은 다 나은 듯해요."

"그런 것 말고 이 나무의 사연이 있을 듯해요. 어떻게 나란히 자라고 있지요? 선생님은 만물박사이시니 알 수 있잖아요?"

평범한 이야기로는 그녀를 감동시킬 수 없음을 인지하였다. 우리의 사랑을 빗대어 멋있게 포장해보자는 생각이 들었다. 야화에서 들었던 이야기를 구성하여 말해보면 좋아할 것이다.

"아하! 호두나무 옆에 복숭아나무가 연리지목처럼 자란 것 말씀이군요. 개 복숭아와 호두나무는 조직이 달라 진정한 연리지목이 될 수 없는 운명이지요. 힘으로 강간하면 겁탈이지 사랑이 아니지요. 인륜도덕을 제쳐두고 사랑이라는 이름으로 사랑했더라도 그것은 사랑이 아니지요. 무분별한 사랑 놀음이지요. 몇 십 년 묵은 호두나무 곁에 젊은 개 복숭아나무가 있잖아요. 개 복숭아나무는 나이에 관계없이 호두나무를 사랑하고 싶었어요. 구애하고 그리워했지요. 그렇지만 호두나무는 외면했어요. 나이 차이 때문이 아니었어요. 나무도 조직이 같아야 연리목이 될 수 있다는 것을 개 복숭아는 몰랐나 봐요. 그렇지만 개 복숭아나무는 포기하지 않았어요. 세상에 이루어질 수 없는 사랑은 없다고 믿은 것이지요. 포기하지 않으면 이루어진다는 것을 믿고 노력했어요. 태어날 때부터 한몸이 될 수 없는 운명임을 거부한 것이지요. 두 나무가 진정한 연리목이 될 수 없었던 이유는 두 나무가 가지고 있는 조직이 다름 때문이지요. 두 나무는 이렇게 기대어서 상사화처럼 살다갈 운명이지요."

"아! 나무가 불쌍하다. 사람들이라면 혈통 같은 것 따지지 않고 정을 줄 수 있을 텐데요. 그래서 호두나무와 개 복숭아나무가 서로 살을 섞지 않고 나란히 기대어 자라는 군요. 선생님은 참 재밌게 말씀하세요?"

"말을 잘하는 것이 아니라, 사실을 말했을 뿐이거든요. 또 모르지요. 보이는 것만 사랑이라고 할 수는 없지요. 사람들이 안볼 때 교묘히 속이고 두 나무들이 사랑을 속삭이는지는 모르지요."

그녀가 갑자기 내 옆에 앉는다. 두근두근 심장 뛰는 소리가 산자락을 흔든다. 심장 뛰는 소리를 들킬까봐 애써보지만 불가능한 인내력이다. 그녀가 먼 산을 바라본다. 나도 먼 산을 바라보며 말을 잊는다. 그녀를 바라보니 그녀가 눈을 감고 있다. 호두나무에 개 복숭아나무처럼 비스듬히 내 어깨를 향해 붙을 듯 앉아있다.

'이런 때 어떻게 해야 하는지 혼란스럽다. 포옹해주어야 할까? 키스해 주어야할까? 아니야, 나만의 착각일거야. 그녀는 아무 생각 없을 거야. 혼자만의 착각으로 친구를 잃으면 안 되는 거야. 눈을 뜨자. 그녀와 나와의 나이 차이가 40년은 되지 않는가. 망령을 부려서는 안 된다.'

"선생님! 무슨 생각을 하고 계세요?"

언제 일어났는지 그녀가 내 앞에 서 있다.

"저, 그만 가 볼게요. 내일 다시 올게요. 세상이 제 마음대로 되는 것은 아니기에 장담은 못하지만요."

그녀가 내려간다. 팔짝 뛰기도 하고 사뿐히 걷기도 한다.

뒷모습이 나비가 날아가는 듯 사라진다.

아쉬움을 달래며 짐을 챙긴다. 내일을 기약하며 산을 내려간다. 내일은 언제나 길다. 기다림이 긴 것처럼, 사랑을 하고 있다면 현재는 더 짧고 내일은 더 길다.

아침에 일어나니 비가 온다. 비가 오지만 우리 농장을 향한다. 숨겨놓은 보물을 찾으러 가듯 산을 오른다. 여름비는 많이 온다. 우산을 쓰고 걷지만 옷이 비에 흠뻑 젖었다. 우리 농장에 도착하자마자 언제 비가 왔는지 해가 쨍하고 떴다. 젖은 옷을 말리고 얇은 옷만 입었다. 농장을 한 바퀴 돈다. 풀을 뽑아서 언덕에 심는다. 야생풀들은 잘 뽑히지 않는다.

"풀들아! 내 말 들어, 내 손에 뽑혀야 너희들은 살아. 내가 좋은 곳으로 이사해 줄게."

30분 동안 풀들 이사해주다가 평상에 앉았다. 말이 테라스이지 돌 위에 합판을 놓은 평상이다.

자꾸만 아래 마을을 향하여 눈이 간다. 며칠 전에 베어버린 언덕의 나뭇가지와 풀들이 없어져서 멀리까지 훤하게 보인다. 아직 보고 싶은 사람은 보이지 않는다. 어디 아픈 것은 아니겠지 쓸데없는 걱정까지 한다.

옷이 보인다. 그녀다. 기도원에서는 입실하면 누구든 똑같은 옷을 입는다고 한다. 자신도 기도원에 입실하는 사람과 마찬가지로 회색 옷을 입는다면서 항상 회색 옷을 입고 있었다. 수행하기 편한 옷이다. 달려가서 몇 초 만이라도 먼저 만나고 싶은 속마음을 숨기고 먼 산을 바라보는척한다.

"선생님! 오늘도 풀 많이 심으셨어요?"

"아하! 예쁜 천사님 오셨군요."

"할아버지 몸매치고는 꽤 멋있는데요?"

"아이고! 정신이야, 여기 오다가 비 맞아서 말린다고 얇은 옷만 걸쳤네."

다른 옷을 대충 더 입느라고 허둥댄다. 그녀의 웃음소리가 너무 크게 들린다.

"제가 오늘 손금 봐 드릴게요."

"천사님이 손금을 볼 줄 알아요?"

손이 불이 붙은 것처럼 타오른다. 그녀는 아무 생각이 없는 사람처럼 손을 잡고 이런 저런 말을 한다.

"아주 오래 사실 거예요. 이것이 생명선인데 끊어지지 않고 길잖아요. 이것은 정력선인데 힘이 장사시네요. 이것은 인간관계선인데 외로우신가 봐요. 사랑을 하고 싶은데 상대가 반응이 없나 봐요. 용기를 내서 사랑한다고 말해 보세요. 그래야 구슬을 꿰건 말건 할 것 아니에요? 그리고……"

그녀의 말소리가 더 이상 들리지 않는다. 움직이는 그녀의 입술만 바라본다. 상기된 눈으로 그녀의 얼굴을 보는데 그녀가 말을 하고 있는지 입술만 움직이는지 소리는 들리지 않는다.

왜 이곳에 터를 잡았는지 지금의 상황과 다른 생각을 해본다. 흐트러진 마음을 가라앉히고자 명상하기 좋은 이곳을 가꾸고 있다. 삶의 속도전에서 여유를 갖고 싶었다. 끊임없이 발생하는 현상들을 살피고 잠시 쉼표를 찍고 성찰하기 위해 여기에 터를 잡은 것이다. 흔들려서는 안 된다. 지금을 벗어나야 한다.

"천사님은 동물 좋아 하세요?"

"기도원에 토끼가 몇 마리 있는데 아주 귀여워요."

"토끼는 슬픈 동물이지요. 슬퍼도 눈물을 흘리지 못하지요. 사람들은 울 수 있다는 것이 얼마나 좋은 선물인지 모르잖아요. 토끼는 눈에 이물질이 들어가도 눈물이 분비되지 않는 동물이라 이물질을 눈물로 밀어내지 못하지요. 토끼는 눈물을 흘릴 줄 몰라서 눈이 충혈 되어 있을 때가 많고 고통에 몸부림칠 때가 많아요. 사랑한다면 놓아주어야 하지요. 집착은 사랑이 아니지요."

"네? 토끼에 대하여 어떻게 그렇게 잘 아세요?"

"친구가 동물농장을 하는데 한번 갔었지요. 그 친구가 말하더군요. 하고 싶어서 하는 것은 아니라나요. 이곳에서 가장 불쌍한 것은 오리라네요. 오리는 죽여서 털을 뽑으면 한번만 뽑지만 산채로 털을 뽑으면 열다섯 번은 뽑을 수 있다네요. 진짜 불쌍한 것은 오리털을 위해 산채로 고통스럽게 털을 뽑는 오리가 더하다는 것을 알았어요. 경제성과 생산성이 중시되는 동물농장에서는 필연적이라네요. 그 친구 말을 듣고 토끼고기와 오리고기는 먹지 않지요. 오리털 옷도 입지 않아요.

"소름끼치네요. 다른 이야기 해주세요."

"이곳 공기가 참 달지요. 몸속으로 들어온 공기가 몸 구석구석으로 찾아다니며 신선함을 전하잖아요. 이곳에서 명상하거나 산책하면서 자연이 인간에게 베푸는 선물에 감사함을 느껴요. 여기 오면서 인연에 대하여 관심이 커졌어요. 씨앗이 다시 씨앗이 되어 오는 인연, 나무를 찾은 동물과 사람의 인연, 자연의 생명과 그 속에서 함께 하고 있는 인간의 인연, 등등 연결되어있음을 알게 되었어요. 혼자만의 탐욕은 모든 인연을 망치지요. 이렇게 만난 것은 더욱 특별한 인연이라 생각되어요. 어렵게 연결된 인연 꼭 지켜보자구요."

"선생님은 정말 신비스러운 분이세요. 말씀을 듣다보면 푹 빠져요. 이러다가 선생님을 뭐뭐하면 안 되겠지요?"

뭐뭐가 무엇인지 말해달라고 말하려다가 멈추었다.

"선생님 말씀 들으면 새롭게 태어나는 기분이어요. 어쩌면 그렇게 재밌게 말씀하세요? 자주 와서 강의 들어도 명상하시는데 방해되지 않을까요?"

"걱정 말아요. 하루에 30분 풀 뽑아서 옮겨 심기할 때를 제외하고 한가해요. 언제든지 오세요. 대환영입니다. 들어주는 사람이 있다는 것이 얼마나 행복한지 최근에 실감했어요. 더군다나 이렇게 예쁜 사람이 들어준다는데 감사할 뿐이지요."

"제가 진짜 예뻐요? 솔직히 말씀해도 화 안 낼게요. 키 작지요. 얼굴 까마치요. 얼굴도 안 예쁘다는 것을 제가 알아요. 선생님의 눈도 눈물이 흐르지 않는 비정상인 눈 아니에요?"

그녀는 혼을 다 빼놓고는 꽃밭으로 간다. 야생화 몇 그루를 심어 놓고 가겠다고 한다. 그녀가 떠난 후 깊은 생각에 몰입하고 있다.

'너도 인간이냐' 이런 말을 듣는다면 허접한 인생을 산 것이다. 절대로 흔들려서는 안 된다. 순간순간 악마의 속삭임이 들린다 해도 사탄에게 굴복당하여서는 안 된다. 딸보다 더 어린 그녀다. 비도덕적 생각을 품어서는 안 된다. 나에게 의지하고 싶은 그녀다. 보호해달라고 요청했는데 팽하면 안 된다. 인간답게 살자. 그녀에게 키스하고 포옹하고 그다음까지 한다는 망상을 잊자. 하늘에 맹세한다. 절대로 사탄에게 지지 않을 것이라고 다짐한다. 악마의 탈을 쓴 사람이 되어는 안 된다. 그녀의 진심을 저버리고 늑대가 되어서는 안 된다. 아냐, 그녀는 간절히 원하고 있는지도 모른다. 아냐, 그녀가 원해도 늙은이 추태를 보여서는 안 된다. 사랑한다면 보호할 줄 알아야 한다. 욕망을 내려놓아야 한다. 순수를 파괴해서는 안 된다. 망상도 죄다. 윤리를 저버린 사랑을 사랑이라고 포장하지 말자. 순간의 쾌락으로 영원한 사랑을 없애서는 안 된다. 세상에 순수하고 아름다운 사랑이 있다는 것을 보여주어야 한다. 그녀는 믿고 찾아오는데 생명을 앗아가는 것이다. 풀 심기까지 하는 사람이 순수를 가장한 가면을 쓰고 살았다는 것을 알면 어떻게 하겠는가. 한숨이 나온다. 냉정하자고 입술을 깨물고 일어선다.

날이 저문다. 하산해야겠다.

아침 일찍 우리 농장에 다시 왔다. 풀 심기를 마쳤다. 오늘따라 마음이 심란하다.

그녀가 심어 놓은 꽃들이 한들거린다. 꽃잎이 흔들거릴 때마다 그녀가 보였다 사라졌다 한다. 하루 종일 기다려도 그녀가 오지 않는다. 올 것이라고 믿으며 기다린다.

오늘 밤은 달이 참 밝다. 석양 때쯤이면 하산하여 시내의 아파트로 갔었지만 오늘은 늦게 가고 싶다. 달빛이 저렇게 밝은데 달을 외롭게 하여서는 안 될 것 같은 생각이 들어서다. 고요한 밤이다. 그녀를 향하여 사랑한다고 소리치고 싶다. 하지만 이곳에서 아무리 소리쳐도 아랫마을까지 들리지 않는다. 혼자 있는데 무섭지 않다. 둥근 달 때문일까. 달이 움직인다. 달빛 아래 무엇이 움직인다. 그녀다. 갑자기 당황된다. 왜 올라오는 것일까? 하산하지 않은 것을 어떻게 알았을까? 컨테이너 안을 살펴본다. 매트리스위에 담요는 누구를 위해서인지 잘 깔려 있다. 얼굴은 매만질 필요가 없다. 그녀가 가까이 왔다. 흥분해서는 안 되는데 호흡이 가빠진다. 다음에 만나면 그녀에게 이렇게 하리라고 다짐하였기에 용기를 갖는다. 오늘이 다음이라는 그날일 것이다. 천사와 악마가 서로 싸우고 있지만 오늘은 누가 이겨도 좋으리라.

그녀가 베사메무쵸를 부른다면 행동개시 할 것이다. 가사의 내용을 다시 새겨본다.

저에게 키스를 해주세요. 저에게 키스를 많이 해 줘요.

오늘이 마치 마지막인 것처럼 요…….

그녀가 내 앞으로 다가왔다. 하얀 달빛을 타고 천사가 평상에 앉는다. 그녀가 옆으로 다가와 입을 연다.

"달빛이 너무 아름다워요. 선생님이 여기 계실 것 같았어요. 저 오늘 여기서 오래 있다가도 되지요? 선생님의 말씀 많이 듣고 싶어요. 저는 말재주가 없으니 원하시면 선생님의 신청곡 들려드릴게요."

송양의 단편소설집

# 바로 당신처럼

초판 1쇄 발행 2019년 2월 6일

지은이 송양의
펴낸이 송양의
펴낸곳 월파출판

등 록 제2010-000004호
주 소 충남 천안시 서북구 불당25로8, 302-2703
(불당동 호반써밋플레이스 센터시티)
전 화 010-8768-7109
이메일 sye4473@hanmail.net
공급처 정은출판 ☎ (02)2272-9280

ISBN 979-11-85358-13-0 (03810)

정가 12,000원